부산의 등대

부산의 등대
동길산

2024년 7월 30일 초판 1쇄 발행

글	동길산
사 진	박정화
발행인	조동욱
편집인	조기수
펴낸곳	헥사곤 Hexagon Publishing Co.
등 록	제 2018-000011호 (2010. 7. 13)
주 소	경기도 성남시 분당구 성남대로 51, 270
전 화	070-7743-8000
팩 스	0303-3444-0089
이메일	joy@hexagonbook.com
웹사이트	www.hexagonbook.com

ⓒ 동길산, 박정화 2024 Printed in Seoul, KOREA

ISBN 979-11-92756-47-9 03810

부산의 등대

글
동길산

사진
박정화

HEXAGON

등대를 보며
등대에 스며들며

동서남북은 방위가 정해져 있지만
전후좌우는 정해진 방위가 없다.

등대를 보며 떠올리는 옛글이다. 동서남북은 언제 어디서든 동서남북이
지만 전후좌우는 언제 어디서든 전후좌우가 아니다. 몸을 돌려세우면 앞
이 뒤가 되고 왼쪽은 오른쪽이 된다. 혹시 아는가. 답답하고 막막할 때 몸
을 돌려세우듯 마음을 돌려세우면 보이지 않던 길이 보이고 열리지 않던
길이 열릴는지.

등대는 배가 나아갈 방향을 가리킨다. 어떤 등대는 좌우를 가리키고 어
떤 등대는 동서남북을 가리킨다. 모르고 보면 그냥 등대에 불과하지만 알
고 보면 등대는 삶의 지혜다. 답답하고 막막할 때 찬바람 몰아치는 바다
에 나가 보라. 파도가 들이닥치는 거기서 몸을 돌려세우듯 마음을 돌려세
워 보라.

'등대 이야기'를 다시 낸다. 2013년 흑백으로 펴낸 <시가 있는 등대 이야기>의 개정판 격이다. 색깔은 등대의 언어다. 흑백으로 펴내면서 등대의 색감, 등대의 언어를 있는 그대로 내보이지 않은 아쉬움이 10년 내내 따라다녔다. 순전히 등대에 몰입하고 싶었다. 색감은 있는 그대로 살리고 시는 대폭 줄여서 다시 낸다.

등대는 현자다. 지혜롭다. 등대는 힐링이며 소통이며 언제나 한자리 한결같다. 방파제 끄트머리에서, 바다 한가운데서, 또는 외딴섬에서 등대는 등대의 언어로 세상과 교신한다. 그대, 등대를 보며 등대에 스며들며 등대와 교류해 보라. 어쩌면 방파제 끄트머리에서, 바다 한가운데서, 또는 외딴섬에서 그대를 보며 그대에 스며들려는 또 다른 그대와 교류해 보라.

2024년 7월 용날
동길산

차 례

가덕도등대

거리 좁히려고 더 먼 바다로 나가고
더 먼 바다에서 스스로 고립되다

기장군

해운대구

수영구

강서구

동구

남구

중구

서구

사하구

영도구

가덕도

가덕도등대

등대는 옳다. 등대가 하는 말은 무슨 말이든 옳다. 등대가 옳다는 믿음은 견고하다. 누가 흔든다고 흔들릴 믿음이 아니고 누가 어찌한다고 어찌될 믿음이 아니다. 그 믿음이 배를 지키고 바다를 지킨다.

문제는 믿음이 아니라 거리. 거리가 멀어서 등대가 하는 말이 들리지 않을 때가 문제다. 등대가 하는 말을 아예 듣지 못할 수도 있다. 거리를 좁히려고 등대는 더 먼 바다로 나가고 더 먼 바다에서 스스로 고립된다.

가덕도등대는 스스로 고립된 등대다. 배를 지키고 바다를 지키려고 부산 남해바다 가장 멀리 나간 등대다. 가덕도란 섬에서 또 다른 섬이 된 등대. 스스로 내던지고 헌신했기에 가덕도등대는 고행의 수도승이다. 절대로 몸을 눕히지 않는.

가덕도등대는 조선왕조를 상징한다. 왕조를 상징하는 오얏꽃을 출입구 상단 두 군데 새겼다. 오얏꽃은 다섯 이파리 하얀 자두꽃. 하얗고 풍성해 꽃말이 순수와 다산, 생명력이다. 결 곱게 널리 퍼져 나가기를 바란 조선왕조 향긋한 정신이 오얏꽃이다.

"독립과 자주를 의미하는 문양입니다."

가덕도등대는 풍전등화 등대. 새어드는 바람에 가물거리던 촛불이 여기 등불이다. 등대 첫 점등은 1909년 12월. 일제에 먹히기 한 해 전이니 오호통재 등대이기도 하다. 가덕도등대 고성철 주무관 표현처럼 오얏꽃 문양은 막판까지 독립과 자주를 추구했던 조선왕조 자존심이다.

대한제국이 세운 등대는 모두 마흔한 곳. 청일전쟁 승리로 기세등등한 일제의 강압으로 1901년 체결한 조약 '한일무역규칙 및 해관세목'이 등대 설립 근거다. 마흔한 곳 가운데 가덕도등대는 보존상태가 양호한 축에 든다. 현재는 등대 기능을 새로 지은 등대에 넘겨주고 2003년부터 평생 안거에 든 상태. 부산광역시 지정 유형문화재 50호다. 해양수산부가 영구 보존시설로 지정해 애지중지 모신다.

가덕도등대 두드러진 면면은 벽돌이다. 벽돌을 층층이 쌓고 회칠로 덧입혔다. 회칠이 떨어져 나간 군데군데 벽돌 붉은색이 드러난다. 대한제국 초창기 등대 재료는 돌. 무겁고 다듬기 난망한 돌을 벽돌이 대신했다. 우리나라 첫 벽돌공장은 1907년 설립한 벽돌제작소 마포공장이었다. 일개 공장이 아니라 대한제국 산하 공공기관이었다.

여기서 나온 벽돌로 등대를 지었고 관청을 지었다. 한동안 잘나가던 벽돌은 이후 철근 콘크리트에 밀린다. 1911년 지은 부산세관 옛 청사도 마포공장 벽돌을 썼다. 옛 청사는 도로를 확장하면서 1979년 허물었다. 오호통재다.

가덕도등대는 복합구조다. 등탑과 사무실, 등대지기 관사가 같이 있다. 불을 때는 아궁이와 화장실, 대형 가마솥 욕조가 이채롭다. 등탑으로 올라가는 계단은 사무실에 있다. 난간이 고색창연하다. 등탑은 팔각형. 등대 안내판에 따르면 화장실, 욕조 등은 일본식이다. 팔각 등탑은 서구식. 안내판 마지막 구절은 진한 고딕체다.

'오얏꽃은 자두꽃. 조선 황실의 성인 오얏 이 씨를 나타내며 창덕궁의 인정전에도 오얏꽃 문양을 새겼다.'

가덕도 새 등대는 백색 팔각 콘크리트로 지었다. 2002년 7월 건립했고 위풍당당하다. 높이는 무려 40.5m. 바닷가 절벽에 세워 멀찍이 떨어져서 보면 훨씬 높아 보인다. '30척' 오얏꽃 옛 등대 바로 곁에 세웠다. 아버지와 아버지보다 키가 훌쩍 커 버린 아들이 나란히 선 것처럼 든든하다. 30척은 당시 관보 표현. 1척은 30cm다. 야광 장검을 휘두르는 것 같은 하얀 빛줄기가 12초에 한 번 번쩍인다. VTS라는 해상교통관제 시스템을 도입해 50km 이내 50t 이상 선박과 교류한다.

가덕도등대는 선박 교류 못지않게 사람 교류에도 각별하다. 50km니 50t이니 거리나 무게에 구애받지 않는다. 아무리 먼 거리, 먼 사람과도 교류한다. 2010년 세운 100주년 기념관에 체험실과 세미나실, 자료실 등을 꾸미며서 등대는 사람에게 다가가고 사람은 등대에 다가간다. 코로나 이전에는 여름 한철 2박 3일 여름등대 해양학교를 운영하며 1박 2일 등대체험도 가능했다.

1박 2일 체험은 무료. 펜션 이용하듯 먹을거리만 들고 가면 된다. 대형 창문 바깥 바다 풍경은 누구라도 시인이 되게 한다. 1박 2일 신청은 부산지방해양항만청 홈페이지 참조. 공짜라서 신청이 쇄도하지만 신청한다고 손해볼 건 없을 듯. 가이드는 등대 근무자. 설명이 수준급이다. 가덕도 근무자는 3명. 한 사람이 6박 7일 일하고 3박 4일 쉰다.

"등대도 역사가 있다는 걸 알았어요."

경북 구미 효성유치원 김양의 원장 일가족은 등대 체험의 참가자. 내륙지방 거주자인 만큼 어쩌다 등대를 봐도 반가운데 등대에서 잠까지 자게돼 두 배 세 배 기쁘다. 오얏꽃 문양도 각별하게 다가오고 자료실 옛 등대유물도 각별하다. 등대를 공간적 존재로만 봐 오다가 역사가 수반된 시간적 존재로 시야가 확장된 걸 보면 '등대는 사람에게, 사람은 등대에'가 빈말은 아닌 모양.

등대는 빈말을 하지 않는다. 등대가 하는 말은 무슨 말이든 옳다. 그러나 아무리 옳아도 거리가 멀면 불화는 생기기 마련이다. 불화의 거리를 좁히려 등대는 사람에게 다가가고 사람은 등대에 다가간다. 그대와 나 사이도 그렇다. 그대가 아무리 옳아도 거리는 불화다. 그 모든 불화는 내 잘못

이다. 먼저 다가가지 않고 먼저 손 내밀지 않은 내 잘못이 크다. 바다를 향해 연신 내미는 가덕도등대 빛줄기. 잘못한 것도 없이 먼저 손 내미는 등대는 저리도 옳다.

가덕도는 왜 가덕도일까. 가덕도에서 오래 산 토박이 두 분 이야기다. 한 분은 아흔여덟 살 김소이 할머니고 한 분은 횟집 할머니다. 이들은 가덕엔 더덕이 많이 났다며 기억을 더듬는다. 더덕이 많이 나와서 가덕이란 이야기다.

내 생각은 좀 다르다. 옛날에는 언덕을 '덕(德)'으로 흔히 표기했다. 사상구 덕포는 언덕이 있는 포구였다. 가덕도도 그렇지 싶다. 가파른 언덕이 있어서 가덕이 아닐까. 인천에도 가덕도가 있다. 여기도 있고 저기도 있으면 고유명사가 아니라 일반명사에 가깝다. 조선의 모든 가파른 언덕이 가덕이었으리라.

대항등대

지는 해 보며 감히 당당한 자 누군가
지는 해 보며 감히 물들지 않는 자 누군가

기장군

해운대구

수영구

강서구

동구

남구

중구

서구

사하구

영도구

가덕도

대항등대

지는 해는 단추다. 빨갛고 동그란 단추. 하루는 단추의 연속이다. 뜨는 해
는 첫 단추, 지는 해는 끝 단추. 첫 단추 끼우면서 하루가 시작하고 끝 단추
풀면서 하루를 마무리한다. 이제 곧 끝 단추 풀 시간. 단추 푸는 장면을 훔
쳐보느라 사람들 얼굴이 빨갛다. 지는 해에 물든 얼굴이고 부끄러움에 물
든 얼굴이다.

　지는 해는 숙연하다. 보는 사람을 숙연하게 한다. 부끄럽게 한다. 지는 해
에 얼굴이 빨갛게 물든 사람들. 마음이 빨갛게 물든 사람들. 지는 해는 살
아온 날을 돌아보게 한다. 남은 몰라도 나는 아는 나를 돌아보게 한다. 지
는 해를 보며 감히 당당한 자 누군가. 지는 해를 보며 감히 물들지 않는 자
누군가.

　빨개지기는 등대도 마찬가지다. 사람과 부대끼며 지내느라 반은 사람이

된 등대다. 하늘색 푸르른 옷을 벗는 하루를 훔쳐보느라 등대는 두근댄다. 원래 붉은 등대는 좀 낫다. 문제는 흰 등대. 조금만 빨개져도 금방 들통난다. 등대도 민망한지 등불을 연신 깜박인다. 사람 관심을 딴 데로 돌리려는 심산이리라.

대항등대는 지는 해를 보는 등대. 흰 등대라서 금방 들통난다. 해가 지는 쪽은 수평선 너머 거제. 수평선과 거제 사이는 안개가 뿌옇다. 가덕도등대 근무자에게 들은 얘기로 안개는 세 종류. 박무와 연무와 농무다. 저 안개는 박무. 박무가 낀 거제는 품이 넓어서 거가대교 긴 다리도 거둬들이고 지는 해도 거둬들인다.

대항은 가덕도 가장 남쪽 갯마을. 전에는 섬마을이었지만 거가대교를 놓으면서 육지로 편입한 마을이다. 대항(大項) 항(項)은 머리를 허리 아래 수그려서 하는 절을 나타내는 상형문자다. 뜻이 변하여 목덜미 뒤쪽을 이른다. 목덜미는 몸에서 움푹 들어간 지점. 대항은 지명만 들어도 크게 움푹 들어간 포구란 감이 잡힌다.

대항등대는 움푹 들어간 포구를 감싸는 방파제 끝에 있다. 정식 명칭은 대항어항북방파제등대. 방파제가 포구 오른쪽 하나밖에 없어 등대도 흰 등대 하나뿐이다. 1999년 11월 25일 세웠다. 녹등을 5초마다 한 번 깜박인다. 일자 원통형이며 둥근 창문이 둘이다. 기단이 3층 계단이라 계단에 앉아 지는 해를 보면 금방 물들겠다.

방파제는 디귿 형. 디귿 갈라지는 방파제 벽면은 타일 벽화다. 벽화 복어가 푸른 타일을 바다 삼아 유영한다. 비록 벽화에 갇힌 복어지만 표정이 복스럽다. 디귿 갈라지는 곳에서 왼쪽으로 꺾으면 등대. 등대 아래도 복스럽다. 직사광선을 피해 양산을 받쳐 든 새댁 둘이 갓난애를 각각 안고서는 까르르까르르 웃음보따리가 터진다. 새댁과 애가 입은 옷도 하얗고 웃음보따

리와 등대도 하얗다. 남편 둘만 별종이다. 등대 테트라포드로 내려가 낚시 중인데 둘 다 입은 옷이 검정이다.

"아직 한 번도 사용 못 했어요."

등대에서 보면 움푹 들어간 포구가 보이고 포구 오른쪽으로 가두리 양식장 같은 게 눈에 띈다. 전통적으로 내려오는 방식으로 잡은 숭어를 가두어 두는 시설이다. 출입문에 '입소문으로 유명한 맛집'이라 멋을 낸 횟집 김혜경 대표는 봄철 가덕도 숭어축제 때 써먹으려고 해두었는데 사용한 적이 전혀 없다고 한다. 축제기간 숭어가 모자라면 안 되니 미리 잡아서 가두어두자는 시설인데 축제 때마다 숭어가 잘 잡혀서 쓸 겨를이 없었다는 즐거운 너스레다.

가덕도 명품 어종은 겨울 대구와 봄 숭어. 대구와 숭어로 흥청거리는 포구가 대항이다. 자갈이 많아 자갈개, 샛바람을 받는다고 새바지개, 동백단지 동두말의 서북쪽 두퉁개와 동쪽 오지양개를 감싸는 가덕어장은 대구와 숭어 비늘로 밤낮없이 반짝댄다. 임금님 수라상에 올랐다는 가덕대구와 여섯 척 나룻배가 전통 숭어들이 방식으로 잡아들이는 가덕숭어 덕분에 대항은 밤낮없이 반짝댄다. 아쉽게도 지금은 여름. 대구도 없고 숭어도 없다. 올해 숭어들이는 5월 28일 끝났다는 게 김혜경 대표 전언. 여름이 제철이라는 '고랑치'를 대신 권한다.

"여기는 나밖에 없어."

김소이 할머니는 올해 아흔여덟. 열아홉에 시집왔으니 여든 해를 가덕에서 산다. 연세 더 드신 분이 있느냐고 묻자 인근 외양포에 한 살 더 먹은 이가 있지만 대항엔 자신밖에 없단다. 젓갈도 잘 먹고 회로 뜬 숭어도 잘 먹어서 건강하다. 포구 벤치에 앉아 지는 해를 물끄러미 바라보는 얼굴이 빨갛다. 지는 해에 물든 얼굴이 옷고름 풀기 직전 첫날밤 새댁이다.

대항은 대중교통이 젬병인 갯마을. 제 차로 다니든지 시간 맞춰 다니는 도선을 타야 한다. 다른 방법이 있기는 있다. 지나가는 차를 손들고 세워서 태워달라면 마을사람 열이면 열 모두 태워준다. 인심 하나는 넉넉하다. 인심 하나는 넉넉하단 말은 횟집 아주머니와 아흔여덟 할머니가 공통으로 들려준 말. 대항마을 넉넉한 인심은 어디서 나온 걸까. 트인 바다와 하늘에서 인심은 넉넉해졌으리라. 그리고 또 있다. 지는 해! 홀연히 넘어가는 해는 마음을 비우게 한다. 마음을 비우면 세상을 대하는 품이 어찌 넉넉해지지 않으랴.

낙동강하구등대

에이는 에이여야 하고 비는 비여야 하고
등대는 등대여야 한다는 선입견에 침을 놓다

기장군

해운대구

수영구

강서구

동구
남구

중구

서구

사하구

영도구

가덕도

낙동강하구등대

나는 은행나무가 좋다. 은행나무가 좋고 소나무가 좋고 대나무가 좋다. 왜 좋은가. 분명해서 좋고 알기 쉬워서 좋다. 누가 봐도 은행은 은행이고 소나무, 대나무는 소나무, 대나무다. 알쏭달쏭하지 않은 나무. 돌아서면 까먹는 나무. 그런 나무가 아닌 게 은행나무고 소나무, 대나무다.

　등대도 그렇다. 누가 봐도 등대는 등대다. 분명해서 등대고 알기 쉬워서 등대다. 등대는 누가 봐도 등대여야 한다. 등대 같기도 하고 아닌 것 같기도 한 등대는 등대가 아니다. 왜인가. 등대 존재의 근본은 똑 부러지는 데 있다. 모호하거나 이중적이면 그건 등대가 아니다. 등대 비슷할 뿐이다.

　등대를 찾아다닌 지 반년 남짓. 등대를 어렴풋하게나마 알아가는 이즈음 내가 파놓은 함정에 나를 빠뜨린 등대가 있다. 등대는 분명하고 알기 쉬워야 한다는 소신 아닌 소신을 단숨에 뒤집는 등대였다. 저게 뭔가. 저것도 등댄가. 나를 함정에 빠뜨린 것은 을숙도 일대 낙동강하구 두 줄로 길게 박힌 가느다란 쇠말뚝이었다. 많기도 많아 400이 넘는다고 했다.

"낙동강하구에 박힌 쇠말뚝요? 그게 등주 아닌교."

　백합등이니 도요등이니 하는 모래톱 사이 어찌 보면 아무렇게나 박힌 쇠 파이프들. 저게 뭔가 싶어 영도등대 배인식 소장에게 전화를 걸자 곧바로 명쾌한 대답이 돌아온다. 등대를 취재하면서 알게 된 고참 '등대지기'다. 남항대교 아래 해상에 박힌 것과 같은 등주란다. 등주 역시 도등, 등표, 등부 표처럼 등대의 일종. 구조가 간단한 기둥에 등명기를 설치하여 위치를 알리는 등대가 등주다. 낙동강하구등대, 등주는 개펄과 모래톱 같은 수역에 두 줄로 세웠다. 수심이 얕으니 두 줄 등대 안으로 다니라는 경고등이다.

　낙동강하구등대는 두 줄. 줄 안으로 배가 다녀야 한다. 줄을 벗어났다간 수심 얕은 곳 모래톱에 얹혀 나아가지도 못하고 물러서지도 못한다. 꼼짝 없이 갇혀 물이 두둥실 들기를 오매불망 기다려야 한다. 속이 얕은 사람에 게 된통 걸린 꼴이다. 색상은 일반 측방표지 등대와 같다.

　측방표지 등대는 배의 진행 방향을 좌우로 알려준다. 육지에서 봐 왼편이 홍색이고 오른편이 녹색이다. 각각 홍등과 녹등을 깜박인다. '명지12' '명지 19' 하는 식으로 등주 꼭대기마다 지명과 일련번호를 적었다. 줄을 벗어나 는 배가 없는지 꼭대기마다 물새란 놈이 앉아선 눈알을 굴린다.

　길에는 도로가 있듯 물에는 수로가 있다. 도로와 수로 차이는 눈에 보이고 안 보이고 차이. 배는 그냥 다니는 것 같아도 눈에 보이지 않는 길을 따라서 오고 간다. 낙동강하구는 물이 빠지면 개펄이 드러나고 모래톱이 드러나는 지역. 수심이 얕은 뱃길이고 아슬아슬한 뱃길이다. 낙동강하구를 오가는 배에 여기 등주는 단순한 쇠말뚝이 아니라 생명선이다. 얕아서 턱 걸리기 일쑤인 아슬아슬한 인생길에 저런 쇠말뚝 박혀 있으면 마음 든든하련만….

　등주는 파격이다. 격을 깨뜨렸고 격식을 깨뜨렸다. 반듯하게 박힌 것도

있지만 대개는 비스듬하다. 비스듬한 것도 강 바깥으로 비스듬한 것, 강 안쪽으로 비스듬한 것 다 다르다. 반듯해서 듬직한 등대만 봐 오다가 기우뚱 기운 쇠꼬챙이 등대를 대하니 내가 우습게 됐다. 등대는 등대 같아야 한다는 내 선입견이 우습게 됐고 내가 파놓은 함정에 빠져서는 허리 삐끗대는 내 몰골이 가소롭게 됐다.

낙동강하구등대를 제대로 보려면 어디가 좋을까. 몇 군데 포인트가 있다. 거가대교 진입로 부산 쪽 교각이 명당이다. 여기서 보는 등주도 등주지만 바둑판처럼 놓인 굴 양식장 참나무가 작품이다. 사진기를 어느 각도에서 들이대도 작품이 나온다. 하단에서 경제자유구역청 가는 시내버스나 마을버스를 타고 거기서 내리면 된다. 낙동강하구둑에서 시작하는 해안 길은 두어 시간 산책 거리다.

등주와 참나무가 바둑돌처럼 놓인 바다는 금빛. 금빛은 금빛인데 하얀 금빛이다. 바다에 백금 가루가 둥둥 떠다닌다. 백금 가루를 흩뿌리는 곳은 하늘. 하늘이 금가루를 햇살처럼 뿌려댄다. 등주 꼭대기 앉은 물새는 심통이 났는지 깍깍 짖어댄다. 금값이 얼마나 올랐는데 내다 버리듯 뿌린단 말인가. 물새 주둥이에도 백금 가루가 내려앉아 깍깍대는 소리가 하얗게 반짝인다.

"주말과 일요일만 다닙니다."

등주를 확실하게 보려면 배를 타고 다가가 보는 것. 배는 낙동강하구 탐방체험장에서 탄다. 사람과 자연, 새가 함께하는 체험을 내세운 체험장이다. 낙동강하구 에코센터에서 운영한다. 배를 타고서 두 줄 등주 사이로 오가며 개펄과 삼각주 등 낙동강하구 생태를 생생하게 접한다.

낙동강하구등대는 내게 일침을 놓은 등대. 등대는 누가 봐도 등대여야 한다는 선입견에 대침을 놓은 등대다. 에이는 에이여야 하고 비는 비여야 한다는 생각은 고루하고 편협하다. 딱딱하게 굳은 생각을 풀어주려고 침을 400 넘게 놓은 낙동강하구등대. 이맛살 찡그리듯 주름져 밀리는 강 물결이 금빛으로 반짝인다. 하늘이 햇살을 백금 가루처럼 뿌려대는 물결이다.

신전등대와 성산등대

바다보다 높다고 더 비추지 않고
강보다 너르다고 더 비추지 않아

기장군

해운대구

수영구

강서구

성산등대

동구
남구
중구
서구

사하구

가덕도

영도구

신전등대

강과 바다. 강은 아무리 얕아도 바다보다 높고 바다는 아무리 낮아도 강보다 너르다. 강은 강이 가진 높이의 힘으로 바다로 밀려들고 바다는 바다가 가진 너비의 힘으로 강을 받아들인다. 강과 바다. 차가워 보여도 속은 뜨겁다. 하루의 절반은 썰물이 되어 강이 바다에 다가가고 나머지 절반은 밀물이 되어 바다가 강에 다가간다.

　다가가고 다가와 강과 바다는 평평하다. 평온하다. 서로가 가진 높이와 너비를 버리면서 하나가 되어 강과 바다는 평평하다. 서로가 서로에게 닿으면서 흐름을 멈추어 강과 바다는 평온하다. 평평하고 평온해서 잔잔한 수면. 숭어 새끼가 갑갑한지 박차 올라 수면이 일그러진다. 수면에 빠져들어 잔잔해지려던 마음결이 순식간 일그러진다.

　강서구 명지동 신전포구는 평평하면서 평온하다. 강과 바다가 만난다.

강은 서낙동강. 해 뜨는 강이 아니라 해 지는 강이다. 햇살 이글거리는 강이 아니라 노을 스며드는 강이다. 노을은 사람에게 난 모를 깎아서 마음을 평평하게 하고 평온하게 한다. 강변이기도 하고 해변이기도 한 신전포구. 평평하고 평온한 포구에 노을이 스며들면 또 얼마나 평평하며 평온할까.

포구 방파제는 둘. 등대도 둘이다. 다른 포구와 마찬가지로 적색과 백색이며 생긴 것도 같다. 일란성은 아니고 이란성 쌍둥이다. 다른 건 다 같은데 깜박임이 다르다. 오른쪽 방파제 백색등대 녹등은 6초에 한 번 깜박이고 왼쪽 방파제 적색등대 홍등은 5초에 한 번 깜박인다. 녹등보다 홍등이 다급하게 깜박인다. 홍등은 배가 들어올 때 기준으로 삼는 등. 들어올 때 더 조심해란 당부다. 수심이 얕아서 그럴 수도 있겠고 수중 장애물 탓일 수도 있겠다.

등대는 콘크리트 일자 원통형이다. 씨름판 장사 몸집이다. 창문은 각각 하나. 동그랗다. 씨름판 장사가 대개 순하게 생겼듯 순한 눈매가 연상되는 창문이다. 정식 명칭은 신전어항남방파제등대와 신전어항북방파제등대다. 새천년 밀레니엄으로 떠들썩하던 1999년 12월 17일 세웠다. 새천년 흥분을 가라앉히려고 등대는 얼마나 용을 썼을까. 파도처럼 들이닥치는 찬물을 뒤집어썼을 테고 물감처럼 스며드는 노을을 뒤집어썼을 테다.

여기 등대는 공평하다. 하루의 절반은 강이고 나머지 절반은 바다인 포구에서 누구 편들지 않고 오로지 공평으로 버텨 왔고 버텨 갈 등대다. 바다보다 높다고 더 비추지 않고 강보다 너르다고 더 비추지 않는다. 여기에 등대를 세운 사람의 마음을 알겠다. 높고 깊다고 우쭐댄 부박함에 대한 반성이 신전등대며 낮고 얕다고 움츠린 가벼움에 대한 반성이 신전등대다.

백색등대 가는 길목은 우람한 노거수가 사람을 붙잡는다. 팽나무인지 푸조나무인지 씨름판 장사보다 더 장사 같은 나무다. 구불구불 뻗어 나간 '할배수염' 가지는 손에 쥐어서 잡아당기고 싶다. 나무 아래 돌비는 외로워도 기상

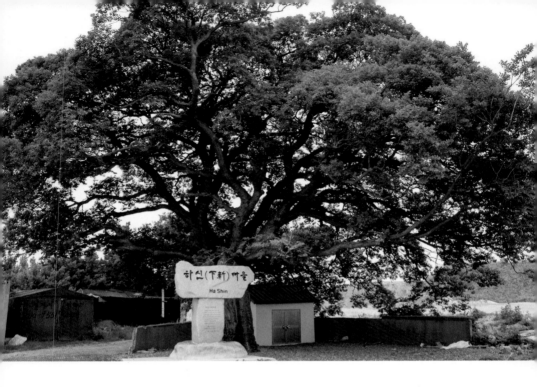

이 장하다. 우뚝하다. 돌비는 이 마을 옛날 풍경을 추억한다. 염전과 갈게 젓갈, 김, 대파가 등장하는 풍경이다. 지명은 하신(下新). 낙동강 끝자락 삼각주 띠밭등 하신마을이란다.

하신은 신전 셋 마을 가운데 가장 남쪽이다. 하신 위가 중신이며 중신 위는 상신이다. 상신은 신전이 신전리로 불리던 시절 중심지다. 신전(新田)은 왜 신전일까. 새로 생긴 염전이나 파밭 정도로 지레짐작했는데 그게 아니다. 나무 아래 돌비에 언급된 '띠밭' 한자 지명이 신전이다.

초가지붕 이을 때 쓰는 띠는 '새'의 다른 말. 새는 볏과 여러해살이풀이다. 띠밭, 새밭[신전(薪田)]을 '어거지' 한자로 옮겨 신전(新田)이 되었다. 애정이라곤 눈곱만치도 없는 작명에서 일제의 무도함을 엿본다. 조선을 삼키면서 조선 고유 지명을 자기들 편한 한자식으로 둔갑시킨 일제다.

"아파트는 갑갑해서 못 살겠더라."

　부산해경 하신출장소 맞은편 컨테이너 오두막 홀로 사는 여든셋 할머니는 고향이 김해 대저 덕두. 지금은 부산 강서구 덕두다. 억양이 세 '떡술, 떡술' 그런다. 열일곱 시집왔으니 한 갑자 넘게 신전에서 산다. 인근 아파트사는 아들네가 모시겠다고 해도 거기보단 여기가 편하다. 강과 바다가 맞붙은 자연에서 평생을 산 자연인에게 아파트는 갑갑할 뿐이다. 할머니가자연인이듯 신전은 자연마을이다. 낙동강 중상류 모래가 밀려와 섬이 되었고 섬이 커지면서 사람 사는 마을이 된 게 신전이다.

　널브러진 닻이 마을 곳곳 보인다. 신전 주업인 김 양식장이 조류에 떠내려갈까 싶어서 바다 밑바닥 붙들어 두는 닻이다. 밧줄로 엮은 대나무 작대기도 양식장 도구다. 포구 정박한 FRP 어선들은 대부분 김 양식장 배. 양식장은 여기서 배를 타고 20분 거리 진우도 수역이다. 어선은 김을 싣고 다니기 좋게 바닥이 단순하고 평평하다. 수면도 배도 모두 평평한 곳이 자연마을 신전이다.

　포구 왼편은 아치도 노을빛이고 난간도 노을빛인 다리. 명지동과 신호동을 잇는 신호대교다. 포구 맞은편은 르노삼성자동차 공장. 자연마을 신전은 야금야금 뜯겨 염전은 이미 옛날이 됐고 갈게니 대파도 옛날로 되어 야금야금 추억 빼먹으며 연명하는 중이다. 사람이든 풍경이든 멀어가는 것에 대한 애틋함이 여기서도 묻어난다.

　포구 오른편으론 제방이 이어진다. 제방은 길고 길어서 녹산수문에 이른다. 일제강점기 낙동강 물꼬를 비틀면서 들어선 수문이다. 수문이 들어서면서 서낙동강은 낙동강 본류 자리를 낙동강하굿둑이 있는 지금 낙동강에 물려주고 변방으로 밀려난다. 쓴맛을 일찌감치 본 셈이다. 쓴맛 일찌감치 봐 일찌감치 달관한 강의 끝자락이 여기 평평하고 평온한 신전포구며 그런 포구를 비추는 등대가 신전등대다.

"일본 놈들이 동네 기운을 끊었어."

신전등대에서 낙동강 상류로 걸어가면 등대가 또 나온다. 녹산수문 안쪽 성산등대다. 2009년 12월 세웠다. 하신마을에서 걸어서 가도 된다. 강변을 따라 강서경찰서 쪽으로 가다가 녹산수문을 지나면 나온다. 녹산수문은 1수문과 2수문이 있다. 1934년 수문이 1수문이고 1992년 수문이 2수문이다. 1수문과 2수문 사이에 노적봉이 있다. 수문 아래 마을이 성산마을이다. 서낙동강 하구를 낀 성산마을은 녹산에서 가장 잘나가던 마을이었다. 여기가 김해이던 시절, 김해에서 두 번째로 큰 오일장이 1일과 6일 열렸다.

시메끼리는 성산마을 일본식 별명이다. 녹산수문 놓이고 녹산교 놓이면서 얻은 이름이다. 물막이 공사, 마감을 뜻하는 일본말이 시메끼리다. 일제 강점기 서낙동강 물길을 수문으로 차단한 뒤 일본식 별명을 얻었다. 올해 여든 동네 할머니는 일제가 수문을 놓아 물길을 막으면서 동네 기운이 끊겼다며 불편한 기색을 감추지 않는다. 형산진이란 크고 오래된 나루터 있을 정도로 잘 나가던 동네가 젊은 사람 찾아보기 어려울 정도로 퇴락한 게 동네 기운을 끊은 일제 탓이라며 목청을 돋운다. 성산은 형산의 변음이다.

등대는 마을 안쪽 포구에 있다. 큰 배가 드나들던 유서 깊은 나루터였던 만큼 성산포구는 품이 너르다. 방파제 하나로 포구를 다 안지 못해 둘을 들였고 방파제 끝자락마다 등대를 세웠다. 포구는 너르고 정박한 배도 많지만 배 크기는 고만고만하다. 연안자망 1t 내외, 연안복합 2t 내외 FRP 선박이 대부분이다. 할머니 말대로 동네 기운이 썰렁하다.

바다는 셋으로 나눈다. 육지에서 가깝고 머냐에 따라 연안과 근해, 원양
으로 나눈다. 육지에서 멀수록 배가 커진다. 연안자망은 육지 가까운 바다
에서 그물로, 연안복합은 그물과 통발 등으로 고기를 잡는다. 성산포구 맞
은편 바다 건너는 명지오션시티. 오션시티 위로 보름달이 뜨면 낙동강하
구는 윤슬의 바다가 된다. 달빛이나 햇빛에 비치어 반짝이는 잔물결을 뜻
하는 순우리말이 윤슬이다. 달빛 햇빛 반짝이는 잔물결의 바다가 낙동강
하구다.

다대포등대

번호 하나쯤은 남겨두고 가야겠다
전화를 걸어서 언제든지 부를 수 있는

기장군

해운대구

수영구

강서구

동구

남구

중구

서구

사하구

가덕도

영도구

다대포등대

많고 크다, 다대
다대포등대는
말 많고
큰소리 내는 등대
했던 말 또 한다
다대포등대가 하는 말은
눈으로 듣는 등대
듣고 있으면
눈이 다 멍하다
넘어가는 해가
등대에게 붙잡혀
들은 말 또 듣고 있다
등대 꼭대기에 딱 걸려
등불이 되었다

- 동길산 시 '다대포등대'

등대는 외골수다. 고집불통이다. 했던 말을 하고 또 한다. 누가 듣든 듣지 않든 속에 담아둔 말을 하고 또 한다. 지치기도 하련만 눈치가 보이기도 하련만 전혀 움츠러들지 않는다. 저런 고집은 자신감에서 나온다. 내가 하는 말이 옳고 내가 하는 일이 올바르다는 자신감. 자신감이 있기에 단어 하나 바꾸지 않고 토씨 하나 바꾸지 않고 했던 말을 하고 또 한다.

등대가 하는 말은 질리지 않는다. 듣고 또 들어도 거슬리지 않는다. 등대가 하는 말은 누구를 다치게 하는 말이 아니라서 누구를 헐뜯는 말이 아니라서 듣기가 무난하다. 말은 적어도 말만 꺼내면 누구를 다치게 하고 누구를 헐뜯는 사람에 비하면 등대는 오히려 과묵한 편이다. 오히려 말이 없는 편이다.

눈빛을 보면 진정성이 담긴 말인지 아닌지 안다. 진성성이 담긴 눈빛은 맑고 깊다. 상대까지 맑고 깊게 한다. 등대 눈빛은 등불. 맑고 깊은 등불이고 진정성이 담긴 등불이다. 등불을 보고 있으면 누구라도 등대를 닮는다. 그래서 밤배의 눈빛이 맑고 깊다. 그래서 밤바다를 찾은 사람의 눈빛이 맑고 깊다.

다대포등대도 말 많은 등대. 말 많고 목소리 큰 등대. 그러나 누구도 책잡지 않는다. 꼬투리 잡지 않는다. 말에 진정성이 담긴 까닭이다. 그 진정성에 이끌려 낚시꾼이 찾아오고 그 진정성에 이끌려 넘어가는 해가 등대 꼭대기 머물다 간다. 등대 꼭대기 머물며 등불이 된다.

"낱개라서 낫개 아입니까."

다대포등대 가는 길, 방파제 입구에 낚싯배 매표소 컨테이너가 보인다. 여기서 배를 타면 나무섬, 형제섬, 외섬으로 간다. 매표소 명칭은 낫개낚시

터선착장. 매표소에 들앉은 사람에게 왜 낫개냐고 묻자 저기 저쪽 다대포구에서 낱개로 떨어져 나온 포구라서 그렇단다. 사람 좋아 보이는 이길우씨의 너스레다. 낚시꾼 태우고 다니는 은성호 선장이다.

등대는 방파제 끝자락에 있다. 붉은 등대다. 흰 등대가 있는 반대쪽 방파제는 다가가기 난망할 만큼 멀다. 등대 명칭은 다대포어항방파제등대. 1997년 12월 19일 처음 점등했으며 홍등이 8초에 세 번 깜박인다.

해양지도 표기는 Fl(3)R8s다. Fl는 Flash 약자. R은 Red 약자, s는 초의 약자다. Fl(3)R8s는 8초에 홍등을 3회 반짝인다는 뜻이다. R 대신 G가 들어가면 녹등, W이 들어가면 백등이다. 방파제등대가 대개 5초에 한 번, 6초에 한 번 깜박이는 걸 고려하면 다대포등대는 깜박이는 횟수가 잦다. 다른 등대보다 두 배 세 배는 말이 많다. 참고로 영도등대는 18초에 3번을 깜박인다.

등대로 가려면 파래 내음을 헤치고 나아가야 한다. 파래가 제철이면 방파제 여기저기 널브러진 밧줄에 달라붙은 파래가 내뿜는 내음이 발걸음을 착착 감는다. 낙동강 민물과 태평양 바닷물이 교차하는 이 일대 파래는 최상품으로 꼽힌다. 다대포 앞바다에 그물을 띄우고 양식한다. 방파제 널브러진 밧줄이 파래 양식용 밧줄이다.

등대는 고혹하다. 립스틱 짙게 바른 듯 붉고 진한 맵시가 사람을 끌어당긴다. 그렇지만 선뜻 안아보기는 좀 그렇다. 안아보려다 안길 것 같고 안기면 숨이 탁탁 막힐 것 같다. 얼굴은 고혹한데 몸피는 육중한 이국 여인이다. 등탑은 2층 구조다. 철제 출입문이 1층에도 있고 2층에도 있다. 1층 출입문을 열어 2층으로 올라가고 2층 출입문을 열어 등롱으로 들어간다.

등롱은 등불이 있는 곳. 조롱에 새가 있듯 등롱엔 어두워지면 빛을 내보내는 등명기가 있다. 다대포등대 등롱에는 등만 들앉은 게 아니다. 지는 해도 등롱에 들앉았다가 빠져나간다. 등대에 불이 들어오기엔 아직 이른 시간, 그 틈을 타서 지는 해가 등불 노릇을 한다. 태양열 충전기가 해 지는 바다를 향해 비스듬히 섰다.

등대 앞바다는 물살 자국을 연신 남긴다. 배가 연이어 다닌다. 방파제 이쪽으로 오는 배는 대부분 낚싯배. 주말이라 낚시꾼이 많고 낚싯배가 많다. 특수임무유공자회 재난구조단 배도 보인다. 방파제 저쪽으로 가는 배는 다대포로 가는 배. 다대포는 기장 대변, 가덕도 천성항과 함께 국가에서 관리하는 어항이다. 국가 어항답게 규모가 크고 들고나는 배로 북적인다.

다대포라고 하면 딱히 어디를 가리키는지 모호하다. 다대포 범위가 그만큼 넓다. 해수욕장도 다대포고 몰운대도 다대포고 개펄도 다대포다. 방파

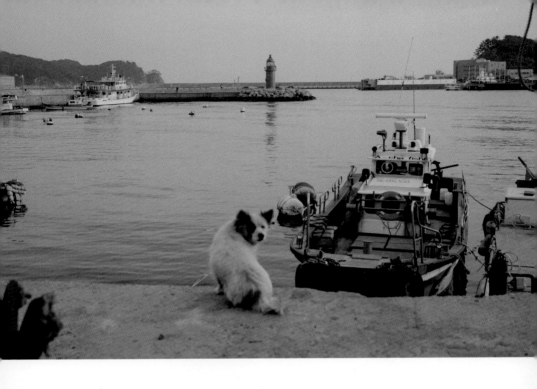

제 저쪽으로 가는 배는 다대포 어항으로 가는 배. 다대포 어항은 어딜까. 수협 뒤 수산물시장 겸 포구가 다대포 어항이다. 자갈치보다 규모는 작지만 있을 건 다 있다. 봄 도다리 여름 농어 가을 전어 겨울 방어 등등.

"호롱불 들어온 것 같네요."

지는 해가 등롱에 쏙 들어간 등대를 배경으로 중년 부부가 서자 박정화 사진가가 셔터를 누른다. 중년 부부 부인과 박 사진가는 초등학교 동창이다. 등대 배경 부부 사진은 처음이라며 이혜영 동창이 낯을 붉힌다. 남편 박영택 씨는 시적이다. 해를 호롱불로 읽어내는 시선이 환하면서 온화하다. 거제 삼성중공업 출신이라 등대 왼편에 보이는 조선소 육중한 구조물이 골리

아스 크레인인 것도 알고 그게 무엇을 하는 건지도 안다.

  방파제 낚시꾼이 잡아내는 고기는 농어. 연거푸 두 마리를 잡아낸다. 두 마리 다 새끼다. 방파제 담벼락은 온통 전화번호. 낚시꾼이 전화를 걸면 짜장면도 배달하고 치킨도 배달하고 왕족발도 배달한다. 나도 번호 하나쯤은 남겨두고 가야겠다. 전화를 걸어서 언제든지 나를 부를 수 있는 전화. 아무나 걸면 안 되니 번호는 암호로 해 두자. 등대만이 알아보는 번호. 지는 해만이 알아보는 번호.

송도등대

바로 보지 못했던 세상,
바로 보기 싫던 나를 보게 하는…

기장군

해운대구

수영구

강서구

동구

남구

중구

서구

사하구

영도구

가덕도

송도등대

세상을 바로 보지 못할 때가 있다. 바로 보기 싫을 때가 있다. 세상이 싫어서 또는 내가 싫어서 얼굴을 돌리고 지낸 날들. 얼굴 돌리고 지낸 날은 길든 짧든 나를 힘들게 한다. 밤도 설치게 하고 낮도 설치게 한다. 세상을 바로 보지 못하거나 보기 싫은 게 누구의 잘못이든 외면의 나날은 나를 힘들게 하고 잠 못 들게 한다.

　세상을 외면해 보라. 나를 외면해 보라. 외면하고 지낸 날은 길든 짧든 세상을 다르게 보게 하고 나를 다르게 보게 한다. 다르게 보면 세상은 얼마나 다른가. 나는 얼마나 다른가. 다행스러운 건 그 과정을 거쳐서 얻는 게 있다는 것. 바로 보면 보이지 않던 풍경이 비로소 보이고 풍경의 실상이 비로소 보인다. 외면을 통해서 세상을 보는 눈이 깊어지고 나를 보는 눈이 깊어진다.

바로 보면 보이지 않는 것. 앞만 보면 보이지 않는 것. 세상과 나 사이에도 그런 게 있고 나와 나 사이에도 그런 게 있다. 어쩌면 삶의 진면목은 거기 있을지 모른다. 수평선 너머 먼 곳이 아니라 얼굴만 돌리면 보이는 모래 한 알 조개껍질 한 조각에 진면목이 있을지 모른다.

잘디잔 모래알을 손바닥에 얹어서 비비면 느껴지는 감촉들. 닳고 닳은 조개껍질을 어루만지면 느껴지는 감촉들. 인생은 앞만 있지 않고 옆도 있는 굴곡의 연속이며 굴곡을 겪을수록 보드랍다고 가르치는 인생의 스승이 얼굴 돌려서 보는 외면이다.

송도는 내 유년의 바다. 초등학생 중학생 나를 백사장에 파묻은 바다다. 초·중 시절이 유년은 아니겠지만 어른이 돼서 보면 거기가 거기. 여동생 둘과 해수욕 갔던 초등학생 내가 생각나고 금정구 청룡동 팔송에서 서구 암남동 윗송도까지 통학했던 중학생 내가 생각난다. 초등학생 내 귀에 바닷물 끼었은 곳이 송도이며 중학교 체육시간 백사장 내달려 종아리 알통 뭉치도록 한 곳이 송도다.

다시 찾은 송도는 나이가 들어서도 그대로다. 모래알은 여전히 잘디잘고 조개껍질은 여전히 닳고 닳아 시조 한 구절처럼 의구하다. 도드라지게 바뀐 게 있다면 다시 찾은 사람의 몸과 마음.

왜 안 그럴까. 백사장 내달리던 그 몸이 아니며 수평선 너머가 궁금하던 그 마음이 아니다. 바뀐 건 또 있다. 바다 여기저기 들어선 등대. 얼핏 봐도 대여섯이 넘는다. 해수욕장의 송도고 등대의 송도다.

백사장 정면에 보이는 해상 등대는 고래처럼 생겼다 해서 고래등대. 여기 사람도 그렇게 부르고 해수욕장 입간판 지도에도 그렇게 나온다. 엄밀히 따지면 고래등대는 등대가 아니고 입표다. 입표는 장애물이나 항로를 알리려고 암초나 수심 얕은 곳에 설치한 구조물로 불이 들어오지 않는다. 불이

들어오면 등표다. 정식 명칭은 송도조형입표. 2007년 3월 16일 세웠고 모두 다섯 기라서 송도조형입표 1, 2, 3, 4, 5호로 부른다.

고래는 두 종류. 정중앙 밍크고랜지 귀신고랜지 대형 고래 하나와 돌고래 대여섯이다. 대형 고래는 몸통을 비틀어 공중으로 솟구치는 형상이다. 기운이 넘친다. 돌고래는 묘기를 부린다. 해면으로 반쯤 드러난 무지개를 배경으로 솟구친다. 큰 고래 작은 고래가 솟구치고 싶으면 솟구치고 잠수하고 싶으면 잠수하는 송도 바다. 세상을 외면한 채 백사장 벤치에서 낮술로 전 주당에게 송도 바다는 솟구치고 싶으면 솟구치고 잠수하고 싶으면 잠수하는 해방구가 아닐는지.

"모래 유실 안 되게 차단막 다 해놨어요."

백사장 오른편으로 돌아가면 암남포구 해녀촌. 자연산 해산물만 판다는 입간판이 참새 방앗간이다. 곱상하게 나이들어 가는 해녀가 '간재미' 참가자미회를 내놓으면서 저 바다에 해상등대가 왜 있는지 밑반찬 삼아 일러준다. 송도는 백사장 모래가 떠밀려 가는 게 골칫거리. 그래서 바다 밑바닥에 잠재시설 테트라포드를 쳤고 그 위에 고래등대를 세웠다.

어두워지자 포구 방파제 등대가 깜박인다. 왼쪽 방파제 붉은 등대에선 홍등이, 오른쪽 흰 등대에선 녹등이 6초에 두 번 깜박인다. 백사장 왼편 송도 방파제 포구가 육칠 년 전 지금 자리로 옮겨오면서 들어선 방파제고 들어선 등대다. 등대는 2007년 6월 건립돼 부산 갈맷길 한 갈래인 송도 볼레길 길목을 밝힌다. 볼레길은 송도에서 암남공원에 이르는 바닷가 길. 부산에 이런 데도 있구나, 감탄사가 절로 나온다. 볼레는 '보러 올레' 줄임말이다.

송도등대는 이게 다가 아니다. 백사장 왼편 거북섬 너머로도 등대가 보인다. 거북섬등대로도 불린다. 이 등대 역시 고래등대처럼 엄밀히 따지면 등대가 아니다. 입표이며 불이 들어오는 입표라서 등표다. 정식 명칭은 송도 거북섬등표. 2007년 1월 30일 세웠고 백색 섬광을 10초에 세 번 깜박인다.

등탑은 색이 좀 복잡하다. 흰색 또는 붉은색 단색이 아니고 위에서부터 흑색, 황색, 흑색이다. 그러니까 가운데는 황색이고 아래위로 흑색이다. 흑색, 황색은 동서남북 방위표지. 색의 수와 배열에 따라 배가 다니는 방향이 달라진다. 흑황흑의 경우 동방표지다. 여기를 지나는 배는 동쪽으로 가라는 뜻이다. 서쪽을 가리키는 등대는 가운데가 흑색, 아래위가 황색이다.

거북섬등대는 '거북이스럽다.' 가까이서 보면 거북이가 등탑을 이고 낑낑댄다. 사진기란 물통에 담아두고 싶다면 도로 건너 송림공원 정자 아래 전망대가 뷰포인트. 공원으로 오르는 나무계단 벽면 시화와 사진은 '시화스럽고 사진스럽다.' 한국 최초 공설해수욕장 송도의 1913년 개장 전후 사진은 여기 말고 또 어디서 볼까. 사랑을 고백하려면 공원 청혼광장이 제격. 사랑하는 사람을 하트모양 벤치 앉히고 하트모양 맨바닥 무릎 꿇고 고백해 보라. 사랑은 이루어지고 세상은 비로소 바로 보이리니.

등대의 미덕은 단순하다는 것. 색깔도 단순하고 깜박임도 몇 초에 몇 번으로 단순하다. 등대를 보고 있으면 마음 역시 단순해진다. 복잡하던 머릿속이 단순해지고 복잡하던 셈법이 단순해진다. 세상사 이런 면 저런 면이 수긍된다. 세상과 다른 나, 나와 다른 세상이 수긍된다. 바로 보지 못하던 세상과 바로 보기 싫던 나를 바로 보게 하는 등대의 미덕! 미덕의 등대를 정중앙과 좌우로 거느린 송도 바다는 속이 깊다. 속이 깊어서 백사장 모래가 끝도 없이 빨려든다.

남부민등대

큰일이든 작은 일이든, 슬픈 일이든 기쁜 일이든
시간이 지나면 흐릿해지고 종내는 사라지리라

기장군

해운대구

강서구

수영구

동구

남구

중구

서구

사하구

영도구

가덕도

남부민등대

등대는 작별이다. 등대는 재회다. 등대를 보며 먼바다로 나가는 사람들. 등대를 보며 먼바다에서 돌아오는 사람들. 망망대해 먼바다에서 한 달을 예사로 떠다니고 몇 달을 예사로 떠다니는 뱃사람에게 등대는 작별이며 재회다. 가까운 이들과 떨어져 지내야 하는 작별의 심사는 오죽 무거우며 그들과 다시 만나는 재회의 심사는 오죽 가벼울 것인가.

나도 그랬다. 무겁고 가벼웠다. 25일 일정 고등어 선망어선을 타고 먼바다로 나갔고 사정이 여의치 않아 한 주일 후 먼바다에서 돌아온 적이 있었다. 나가던 날도 돌아오던 날도 새벽안개에 가려 등대는 희뿌옇게 보였다. 무거웠다 가벼웠다, 이랬다저랬다 내 심사를 젓가락질하듯 헤집던 등대. 마주보며 선 등대는 젓가락 같기도 했다.

먼바다로 나가던 그해 새벽 희뿌옇게 보이던 등대가 남부민등대다. 정식 명칭은 남항서방파제등대. 남항은 어항이다. 북항이 화물과 해운 전문이라면 남항은 수산업 중심 항구다. 원양어업기지 모항이기도 하다. 방파제는 1931년 지었다. 등대는 세월이 한참 지나 2002년 4월 6일 첫 점등했다. 녹등을 5초에 한 번 깜박인다. 맞은편 영선동방파제 빨간 등대 정식명칭은 남항동방파제등대. 1998년 11월 3일 첫 점등했고 홍등을 5초에 한 번 깜박인다.

등대로 가는 길은 까마득하다. 등대 초입은 송도 아랫길. 부산공동어시장을 지나 우리은행 샛길로 접어들면 나온다. 샛길로 접어들면 간판은 온통 등대다. 등대노인회관 등대할매집 등대횟집. 간판을 훑으며 계단을 오르면 등대로 이어지는 방파제 길이 펼쳐진다. 2백 보 걷고서 걸어온 길을 돌아보니 아직 절반도 걷지 않았을 만큼 까마득한 길이다. 휘어진 길이라 끝은 보이지도 않는다. 보는 것도 아득한데 일제강점기 무거운 돌을 이고 지며 저 긴 방파제는 어찌 쌓았을까.

등대에 가까워진다. 조선시대 장군 투구를 쓴 형상이다. 눈매가 새파란 게 호랑이 기상이다. 일자 원통형이고 육지 쪽으로 창문이 등탑 아래위 두 짝 나 있다. 바람 때문에, 습기 때문에, 그리고 보온 때문에 창을 많이는 내지 않는다. 창틀이 네모반듯한 게 단순간결미가 돋보인다. 창문은 팔을 뻗어도 닿지 않을 만큼 높다. 창문 안으로 뭐가 보일까. 창문이 달린 다락방을 갖고 싶었던 어린 시절이 보일까.

드디어 등대. 우람하고 높다랗다. 장정 열 명이 양팔을 벌려서 맞잡아야 겨우 안을 수 있겠다. 높기도 높아 턱을 위로 쳐들어야 상단이 보인다. 등대에 기대앉는다. 등대 기대앉아 해삼 안주에 소주를 마셨다던 시인을 생각한다. 술은 내가 마시는데 취하기는 바다가 취한다고 노래한 등대시인 이생진이다. 언젠가 여름 문학행사를 마치고 등대처럼 마주보며 밥을 먹고 술을 먹었다. 눈빛이 등불처럼 맑았다.

등대 주변을 둘러본다. 영도 봉래산에서 시작한 가깝고 먼 산들이 등대를 에워쌌다. 등대 외항은 송도에서 영도로 이어지는 남항대교와 수평선이 차지했다. 자갈치며 부산공동어시장은 내항 차지다. 어시장은 개장 50년을 훨씬 넘겼다.

어시장 앞바다엔 노란색 등대가 네댓 기. 일렬로 떠서 이리 기우뚱대고 저리 기우뚱댄다. 바다에 떠 있다 해서 부표라 부르고 등불이 들어온다 해서 등부표로 부르는 등대다. 남항대교 아래론 작대기처럼 보이는 붉은색 등대가 왼편에 일렬로, 초록색 등대가 오른편에 일렬로 세워져 있다. 등대 일종인 등주다.

등대 아래 간이 전시관이 있다. 전시 제목은 남항 이야기. '과거와 현재의 채움의 공간'이 주제다. 여기 방파제 준공 전후 부산 바닷가 역사를 사진과 함께 소상하게 알려준다. 1960년대와 70년대 급성장한 연근해 수산업과 원양어업 이력도 곁들인다. 1963년 개장한 어시장 역시 수산업과 원양어업이 호황을 누리던 시기의 산물이다. 남부민방파제 등대가 굽어보는 이 뱃길은 한국에서 가장 크고 가장 멀리 나가는 어선이 다닌 뱃길. 핍진했던 그 시절 한국을 먹여 살린 뱃길이다. 외화를 벌어들였던 기회의 뱃길이자 생명을 담보로 했던 고난의 뱃길이다.

배가 다니면서 물살을 일으킨다. 작은 배가 일으키는 물살은 밋밋하고 큰 배가 일으키는 물살은 창대하다. 어느 물살도 갈수록 흐릿해지고 종내는 말끔히 사라진다. 사람살이도 그러리라. 그게 큰일이든 작은 일이든, 그리고 슬픈 일이든 기쁜 일이든 시간이 지나면 흐릿해지고 종내는 사라지리라. 1년 365일 바다를 굽어보며 이 모든 이치를 훤하게 꿰찼을 등대는 묵언이다. 이따금 눈만 끔뻑거릴 뿐 아는 걸 다 말하진 않겠단 표정이다.

어두워지자 본격적으로 불빛이 들어온다. 그중 방파제등대가 제일 점잖다. 의젓하다. 불빛이 서서히 들어왔다간 서서히 나간다. 어시장 앞바다 등부표는 까분다. 깜박깜박 연이어 네 번을 촐싹댄다. 하나는 두 번 깜박인다. 남항대교 상판 아래도 등들이 수다를 떤다. 신호등인 양 홍녹황 삼색 등불이 일제히 세 번을 깜박이다간 일제히 꺼지고 그 아래 교각등은 내 말도 들어보라며 길게 한 번 켜졌다간 꺼진다. 교각등은 다리에 달린 등대다. 부산 남항 밤바다는 등불이 깜박이는 생명의 바다. 꽃불이 사시사철 지지 않는다.

용두산등대

젖지 않은 어깨 맞대고 걸어가면
사람의 온기가 생각보다 따스하다고 여겨지리

기장군

해운대구

수영구

강서구

동구

남구

용두산등대

중구

서구

사하구

가덕도

영도구

등대는 우산이다. 배를 지키는 우산이다. 등대가 있어 배는 그나마 마음을 놓는다. 사방팔방 보이는 거라곤 수평선 가물거리는 망망대해. 망망대해에서 막막하게 지내본 사람은 안다. 등대 하나 보이지 않는 망망대해에서 열날이고 스무날이고 막막하게 지내본 사람은 등대의 존재가 얼마나 반가운지 안다. 얼마나 고마운지 안다.

　우리 삶도 때로는 망망대해. 열날이고 스무날이고 막막할 때가 있다. 그런 날, 가물거리는 수평선 너머 불현듯 등대가 보이면 좀 반가울까. 좀 고마울까. 삶의 비바람 막아줄 등대는 보이지 않고 답답한 속을 어찌해 볼 도리가 없어 바다를 찾는 사람들. 우산을 받쳐 들듯 등대 가까이 다가가 등대를 받쳐 드는 사람들.

　용두산등대는 생김새부터가 우산이다. 등대 기둥은 우산대, 꼭대기 등롱은 우산꼭지를 연상시킨다. 등대가 쏘아 대는 빛은 우산살. 등대가 우산살을 쫙 펼치면 먹장구름 깜깜하던 사방팔방은 일시에 환해진다. 사람살이에도 저런 등대가 있으면 좋겠다. 먹장구름 깜깜하던 사방팔방이 일시에 환해지면 좋겠다.

용두산등대는 우산살 펴듯 빛살을 쫙 펴는 등대. 펴서는 빙그르르 돌린다. 북항에서 남항으로 돌려 밤바다 우산이 된다. 공식 명칭은 부산타워등대. 1973년 건립한 부산타워야 부산사람 익히 아는 명소. 용두산공원 높다란 원형 탑이 부산타워다. 빛을 내보내는 등명기를 타워 꼭대기 얹어서 등대 지위를 얻은 게 용두산등대다. 2012년 6월 5일 정부관보에 정식 고시됐다. 세계 각지 해도와 등대표에도 나온다.

'관광 및 항행원조용 등대.' 관보에 고시된 용두산등대 기능이다. 관광을 겸하면서 선박 운항을 돕는 등대란 뜻이다. 관광용 등대 지정은 한국에선 용두산등대가 처음이다. 해가 진 뒤 밤 10시 40분까지 빛살을 편다. 밤 내내 펴지 않는 건 부산타워 운영시간이 그 정도이다. 광달거리는 40km. 부산항과 남항을 드나드는 선박은 물론이고 40km 반경에 있는 모든 배에 우산이 된다.

"10분은 더 기다려야 하는데 괜찮겠어예?"

부산타워 높이는 119m. 꼭대기에 전망대가 있다. 전망대에서 보면 부산의 바다와 산, 시내가 파노라마다. 엘리베이터가 수시로 오르내린다. 엘리베이터를 타려면 돈이 든다. 몇천 원 한다. 중학생 아래나 노인과 유공자, 장애인, 단체는 좀 싸다. 아침 9시부터 밤 10시까지 오르내린다. 타워 입구에 매표소가 있고 입장권을 파는 여직원은 미안해 쩔쩔맨다. 엘리베이터

수용인원이 한계가 있으니 기다리는 줄이 길다. 우산 같은 등대 아래로 깃드는 사람은 저리도 많다.

전망대는 등명기 바로 아래 있다. 전망대에 바깥을 내다보면 등대 눈높이에서 부산을 굽어보는 셈이다. 용두산등대는 한국에선 당연히 가장 높은 등대고 세계에서도 가장 높지 싶은 등대다. 가장 높은 등대는 사우디아라비아 제다항등대. 133m. 용두산공원이 해발 69m니 거기에다 타워 높이 119를 더하면 세계에서 가장 높으려나 어쩌려나. 부산 바다가 얼마나 포근하고 부산항구가 얼마나 넉넉한지 궁금하면 전망대에 가 보시라. 10분을 더 기다리고 20분을 더 기다려서라도 높디높은 전망대에 가 보시라.

부산 밤바다는 깜깜한 밤하늘. 불빛 비추는 밤배는 별이다. 별은 진하기도 하고 연하기도 하다. 별과 별 사이는 멀거나 가깝다. 배가 여럿 모이면 별자리. 어떤 별은 영도 너머로 송도 너머로 사라지는 유성이다. 별을 보고 싶으면 부산 밤바다를 보시라. 밤하늘 같은 밤바다 푹 빠져 눈망울 초롱초롱한 그대 또한 별이 되려니.

전망대 왼편에 보이는 산은 영도 봉래산. 산꼭대기에 송신탑이 있다. 자기를 등대로 여기는지 아래위 붉은 등을 깜박인다. 아래 등이 꺼지면 위 등이 켜지고 아래가 켜지면 위가 꺼진다. 용두산등대는 뒤늦게 얻은 평생 반려. 등대가 불빛을 내보내면 송신탑도 불빛을 내보내 화답한다. 송신탑에 비해서 앳된 남항대교는 애처롭다. 가느다란 눈으로 깜박깜박 연신 구애의 눈길을 보내지만 눈높이에서 송신탑에 어림도 없다.

"엄마, 우리랑은 안 찍어요?"

딸아이는 울상이다. 부산타워 매표소 광장 왼편에 포토 존이 있고 배경은 하트모양 장식. 하트모양이 천사 날개다. 사람들이 줄을 서서 사진 찍을 차례를 기다린다. 차례가 돌아오자 부부가 얼른 자리에 앉는다. 아내가 남편 어깨에 기대며 행복한 표정을 짓는다. 중고생쯤 보이는 두 딸 가운데 작은애가 자기들은 같이 안 찍느냐며 엄마에게 투정을 부린다. 엄마 입장에서 사랑스럽지 않은 자식이 어디 있을까마는 눈높이에서 남편에게 어림도 없다.

등대 주위로 새가 몰려온다. 비둘긴가 했더니 까치다. 까치가 떼로 몰려와 등대를 빙그르르 돌고선 난간에 앉는다. 자기를 등대쯤으로 여기는 봉래산 송신탑처럼 자기를 갈매기쯤으로 여기는 용두산 까치. 등대 주위에선 모든 게 등대로 보이고 모든 게 등대가 된다.

이쯤에서 나도 우산을 쫙 펴자. 큰 우산이면 좋겠지만 작은 우산이면 뭐 어떠랴. 나만 쓸 게 아니라 비 맞고 가는 사람과 같이 써 보자. 오른손에 우산을 든 나는 왼쪽 어깨가 젖고 그 사람은 오른쪽 어깨가 젖으리. 젖지 않은 어깨 맞대고 걸어가면 사람의 온기가 생각보다 따스하다고 여겨지리.

영도등대

손을 대면 손이 델 것 같고
마음을 대면 마음이 델 것 같은

기장군

해운대구

수영구

강서구

동구

남구

중구

서구

사하구

영도등대

가덕도

영도구

영도등대는
수평선을 바라보는 등대
다가가면
다가간 만큼 멀어지는 수평선
영도등대는
다가간 만큼 멀어지는 사람
하염없이 바라보는 등대
하염없이 바라보다가
그냥 굳어버린 등대

- 동길산 시 '영도등대'

등대는 불꽃이다. 열애다. 태워도 태워도 재가 되지 않는 뜨거운 사랑이다. 그 사랑이 등대를 견디게 한다. 그 사랑으로 혼자라는 외로움을 견디고 기댈 어깨 없는 외로움을 견딘다. 외로움은 등대를 빛나게 하는 담금질. 외롭기에 등대는 꽃처럼 영롱하고 별처럼 찬란하다.

등대는 불꽃이다. 타오르는 불꽃이고 뛰는 가슴에 핀 불꽃 한 송이다. 손을 대면 손이 델 것 같고 마음을 대면 마음이 델 것 같은 등대. 그것도 모르고 사람들은 등대 가까이 간다. 가까이 가서 가슴에 불꽃 한 송이 피우던 날을 떠올린다. 가슴에 불꽃 한 송이 피울 날을 기다린다.

등대가 바라보는 곳은 수평선. 선이 여러 가닥이 아니라서 외롭기는 수평선도 마찬가지다. 외로운 등대와 외로운 수평선. 다가갈 수 없어 마음이 힘들겠다. 다가갈 수 없으면 단념하고 물러나기라도 하련만 차마 그러지 못한다. 상대가 물러나기를 기다릴 뿐 등대도 수평선도 먼저 물러나지 못해 저렇게 꾸물댄다. 저렇게 평생을 마주본다.

'함께한 100년! 희망의 불꽃!'

영도등대 역시 불꽃 같은 등대. 입구에 부착한 동판에 스스로 불꽃임을 밝힌다. 스스로 불꽃이라고 밝히는 게 좀 멋쩍기는 하다. 하지만 사실이 그러니 그럴밖에. 동판을 부착한 해는 2006년. 그해가 100년 되는 해였다. 역산하면 1906년이 영도등대 생년이다. 부산 최초 유인등대고 한국에선 열 번째 등대다.

유인등대는 모두 희다. 영도등대도 유인등대라서 희다. 부산에 있는 유인등대는 셋. 영도등대를 비롯해 오륙도등대와 가덕도등대다. 모든 유인등대는 육지초인 등대. 항해하는 배가 먼바다에서 육지로 다가올 때 처음 인지

하게 되고 처음 보게 되는 등대다. 멀리서도 잘 보여야 하기에 희다.

유인등대는 등대도 희고 등불도 희다. 영도등대는 백색 불빛을 18초에 3회 깜박인다. Fl(3)W18s다. 한 번도 아니고 두 번도 아니고 세 번을 깜박이는 건 그만큼 눈에 잘 띄라는 애틋한 마음이다. 오가며 그 집 앞을 지나는 마음이 애틋하듯 오가는 배가 잘 보이게 세 번을 달아서 깜박이는 등대의 마음도 애틋하다.

영도등대는 높다. 애틋한 마음을 멀리까지 보이려면 그럴밖에. 무려 35m

다. 원형 콘크리트 구조이며 불빛은 24마일 44km까지 나아간다. 영도등대는 순정파. 애틋한 마음이 남달라서 안개에 가리거나 비나 눈에 가려 불빛이 보이지 않으면 속 깊은 데서 우러나오는 소리를 낸다. 묵직한 전기혼 소리를 45초마다 5초 동안 낸다. 속 깊은 데서 우러나오는 저음이 5마일까지 퍼진다. 소리마저 들리지 않을까 불안하면 전파를 내보낸다. 정을 쉽게 주고 쉽게 거둬들이는 요즘 세상에 저런 순정파가 또 있을까 싶다.

등대 건물은 3개 동. 등대 시설이 있고 갤러리가 있고 박물관이 있다. 그사이사이 노천광장이 있고 쉼터가 있고 전망대가 있다. 전망대는 곳곳에 있다. 영도등대가 있는 태종대는 국가 명승지. 부산에 빼어난 풍광은 많지만 국가 명승지는 오륙도와 함께 두 군데뿐이다. 국가에서 인정할 정도로 풍광이 빼어나다. 전망대마다 속 깊은 데서 감탄이 우러나온다.

곳곳 전망대 가운데 풍광이 가장 빼어난 하나를 꼽으라면 단연 등대 전망대. 원형 등대는 일반인 출입이 가능하다. 꼭대기 유리창 전망대는 인기 '짱'이다. 입구에서 전망대까지는 소라형이랄지 나선형이랄지 빙빙 돌아가는 철제 계단이 멋스럽다. 계단 벽면에 배의 역사랄지 종류랄지 전시 액자를 훑는 것만으로도 공부가 된다.

등대 전망대에서 바라보는 수평선은 종잡기 난감하다. 직선인가 하면 곡선이고 곡선인가 하면 직선이다. 직선은 인간이 만든 선이고 곡선은 신이 만든 선이라는 경구를 수긍한다면 영도등대 수평선은 인간과 신이 합작해 만든 선. 인간이 만든 선을 따라 화물선이 오간다. 화물선이 아무리 오가도 수평선은 절대 허물어지지 않는다. 신이 만든 선이라서 그런가 보다.

"지금부터 농무깁니다."

영도등대 근무자 서정일 주무관은 등대장. 더불어 사는 부부가 닮듯 바다와 더불어 살아 그런지 바다를 닮았다. 너른 바다를 닮은 너른 인품이 표정에 묻어난다. 4월 중하순부터 8월 중순까지는 안개가 짙어 수평선 선이 뚜렷하게 보이지 않는다. 태풍 철에는 파도가 치솟아 선이 들쭉날쭉 허물어지더란 목격담이 파도를 일으킨다. 신이 만들어 인간은 허물지 못하는 선을 또 다른 신 '태풍의 신'은 허문다. 인간 세계처럼 신의 세계에도 맞수가 있다!

등대가 선 곳은 암벽. 등대에서 내려다보면 '천길만길' 낭떠러지다. 낭떠러지 외벽을 따라 계단이 있고 난간이 있다. 계단은 두 갈래. 오른편으로 내려가면 신선이 놀았다는 신선대. 운동장처럼 넓고 펑퍼짐해 인간도 놀기 좋다. 왼편으로 내려가면 해녀촌. 해녀들이 내다 파는 해산물은 인간이 만든 게 아니라서 죄다 곡선이다. 해산물 안주에 얼큰해지면 암벽 계단을 오르기가 버겁다. 해녀촌 선착장에서 태종대 일주 유람선을 타 보는 것도 추억담이 되겠다. 어른 1만 원, 아이는 그 절반이다. 지금은 좀 올랐겠다.

"막대사탕 같아요."

등대는 생긴 게 막대기 사탕 같기도 하다. 오성민 군은 경북 구미 상모초등 2학년. 학교운동회 400m계주 학급 대표다. 한문 5급을 따 놓고 4급 시험을 볼 참이다. 부모와 함께 휴일 나들이로 부산 바다를 찾았는데 그다음 말이 걸작이다. "배에 탄 사람들이 사탕을 먹으러 등대로 올 것 같아요." 유람선이 사탕을 먹으러 등대 선착장에 머물다간 떠나가고 모래를 싣는 바지선이 사탕을 먹으러 다가왔다간 지나간다.

'희망의 빛 영도등대.' 등대에서 박물관으로 내려가는 길은 청동 인어상이

청순하다. 인어상 아래 '희망의 빛'이란 동판이 보이고 동판엔 날짜가 보인다. 2004년 8월이다. 2004년은 영도등대가 해양문화공간으로 거듭난 해. 35m짜리 지금 등대도 그해 세웠다. 100년 된 원래 등대는 포항 국립등대박물관에서 보존한다고 김명환 등대원은 말한다.

하리등대

잊고 지내던 기억을 떠올리고
잊은 줄 알은 기억을 떠올리다

기장군

해운대구

수영구

강서구

동구

남구

중구

서구

하리등대

사하구

영도구

가덕도

등대는 서늘하다. 서늘한 기운이 감돈다. 숫돌에 잘 갈아놓은 칼이다. 손을 대는 족족 베이고 마음을 대는 족족 베인다. 베여 핏물이 든다. 베일 것 알면서도 사람들은 등대를 찾는다. 찾아서 손을 대고 마음을 댄다. 등대 아래 서서 입술을 깨문 저기 저 사내. 입술에도 핏물이 들었으리라.

　등대 아래 서면 사람도 등대를 닮는다. 서늘해져서 마음 밑바닥을 건드린다. 오래전 밑바닥에 가라앉은 기억들. 잊고 지내던 기억이 뿌옇게 일어나고 잊은 줄 알은 기억이 뿌옇게 일어난다. 등대에 손을 대고 마음을 대어 기억을 떠올리는 저 사내. 기억에도 분명 핏물이 들었으리라.

　하리등대는 조개등대. 할머니의 할머니, 할아버지의 할아버지 손때가 묻은 조개껍데기 위에 세운 등대. 조개 캐서 키워낸 자식이 이어지고 이어져 오늘의 내가 있다. 하리등대는 저 오랜 시원을 건드리는 등대. 내가 어디서 왔는지 돌아보게 하는 등대. 잊고 지내던 기억을 떠올리고 잊은 줄 알은 기억을 떠올리는 등대다.

동삼동어항방파제등대. 하리등대 정식 명칭이다. 동삼동은 영도 동쪽 세 마을, 상리 중리 하리를 가리킨다. 셋 가운데 가장 아랫마을이 하리다. 영도는 섬. 섬에서도 벽촌인 하리지만 영도는 물론이고 부산은 물론이고 한국은 물론이고 동아시아에서 그 이름이 높다. '세계를 내 품에 미래를 내 손에!' 세계로 나아가고 미래로 나아가는 국립 한국해양대를 품은 곳이 여기 하리고 신석기 유적 패총이 잔뜩 출토되면서 고대사 엉킨 실타래를 푼 곳이 여기 하리다.

"요 앞에 요 잔디밭 아입니까."

한국해양대 입구 반듯한 건물은 패총전시관. 신석기 생활이 어땠는지, 패총이 뭔지 전시한다. 가지런하게 되감긴 역사의 실타래! 전시관을 둘러본 뒤 패총 출토 자리를 묻자 안내직원은 곧장 통유리 바깥을 가리킨다. 직원이 가리키는 바깥은 잔디밭. 잔디밭 사이로 산책로가 아담하고 산책로 저너머 방파제 흰 등대가 당당하다. 하리등대다.

고백해야겠다. 학교 다니는 동안에는 패총이 뭔지 제대로 몰랐다. 사람이 죽으면 흙 대신 조개껍데기로 묻은 게 패총인 줄 알았다. 다 먹고 내버린 조개껍데기 재이고 재여 패총이란 걸 학교 마치고 안 것이다. 동삼동 패총은 이 일대가 조개 천지란 걸 입증한다. 조개가 겹겹이 재여 조개 무덤이 되고 다시 세월이 겹겹이 흘러 조개 무덤 위에 집 짓고 살았단 걸 입증

한다. 땅을 다져 집을 짓듯 조개껍데기 다져 지은 등대가 영도 하리등대다.

"매립한다 아인교."

등대 가는 길이 질퍽거린다. 바닷물인지 빗물인지 고여서 신발을 버린다. 무슨 공사 중이다. 매립공사 중인데 한참 됐다고 하리 입구 분식집 아주머니가 귀띔한다. 얼큰한 라면으로 속을 푼다. 매립지 맞닿은 수면엔 오일펜스가 떴고 황색 등부표는 여기가 공사 구역임을 알린다. 등부표는 달관의 경지다. 물살이 이리 흔들면 이리 흔들리고 저리 흔들면 저리 흔들린다.

방파제 오른편은 해양대. 그 너머로 오륙도방파제 흰 등대가 보이고 그 너머로 오륙도등대가 보인다. 하나는 방파제에 있는 무인등대고 하나는 섬에 있는 유인등대다. 등대와 등대 사이로 들어오는 배는 듬직하다. 백운포 해군작전사령부로 진입하는 군함이다. 국립해양박물관도 보인다. 통유리 층층의 건물이 조개껍데기 층층이 재어 놓은 패총 같다. 보이는 걸 어떻게든 패총과 연관 지으려는 이 간절함! 학교 다닐 땐 몰랐다가 뒤늦게 알아 놓고선, 쯧쯧. 늦게 든 바람이고 늦게 배운 도적질이다.

등대는 매끈하다. 밀물이 밀려오면서 모를 깎고 썰물이 밀려가면서 모를 깎아 표면이 매끈해진 백사장 조개껍데기 같다. 이것 역시 늦바람이고 '늦도둑질'! 오른편 방파제 등대라서 흰색이고 녹등이다. 5초에 한 번 깜박인다. 첫 점등일은 1991년 12월 16일. 등탑에 난 창문은 하나, 원형이다. 철제 출입문은 묵중하다. 일단 들어가면 다시는 열릴 것 같지 않은 철문이다. 저 안에서 용맹정진 수도승의 눈빛이 등불이리라.

등명기는 투명유리 등롱에 있다. 등롱은 지붕 장식이 특이하다. 다른 데선 못 보던 거다. 언뜻 보면 손잡이 같다. 손잡이 장식이 둥근 지붕을 따라서 박혔다. 사람 미끄러지지 말란 손잡이인가 물새 미끄러지지 말란 손잡이인가. 나도 누군가에겐 손잡이였으리라, 그렇게 생각하다가 곧 거둬들인다. 자신이 서지 않는다. 괜히 해본 생각이 나를 미끄러뜨린다. 바다로 처박는다.

못 보던 장식은 또 있다. 핸들 모양 조타기 장식이다. 손잡이 위에 있다. 조타기는 배가 나아가는 방향을 조종하는 장치. 배가 나아가듯 하리등대도 나아가고 싶으리라. 조타기 둥근 핸들을 따라 숨구멍 콧구멍이 뽕뽕 나 있다. 한 치도 나아가지 못하는 등대. 얼마나 답답했으면 숨구멍 콧구멍을 저리도 내었을까. 등탑은 원통형. 폭은 아래와 위가 약간 다르다. 위가 좁다. 좁아도 아주 많이는 좁지 않고 약간만 좁다. 사람도 저래야 하지 싶다. 속과 겉이 똑같기를 바라는 건 무리일 터. 달라도 아주 많이는 다르지 말고 약간만 달라야 하지 싶다.

수평선 구름은 홍조다. 불그레하다. 합방을 앞둔 신부의 볼이다. 해가 져 첫날밤이 다가오니 구름은 부끄러운 기색이다. 부끄러워하는 구름을 바다는 날름날름 넘본다. 캄캄해지면 방문을 꼭꼭 닫아걸 심보다. 영도 입구에서 태종대 가는 버스를 타고 해양대 입구에서 내리거나 다음 정류소 하리에서 내리면 된다. 패총전시관에 가 보려면 해양대에서 내려야 한다.

제뢰등대

처음에서 끝을 보며
끝에서 처음을 보다

기장군

해운대구

수영구

강서구

동구

남구

중구

서구

사하구

제뢰등대

영도구

가덕도

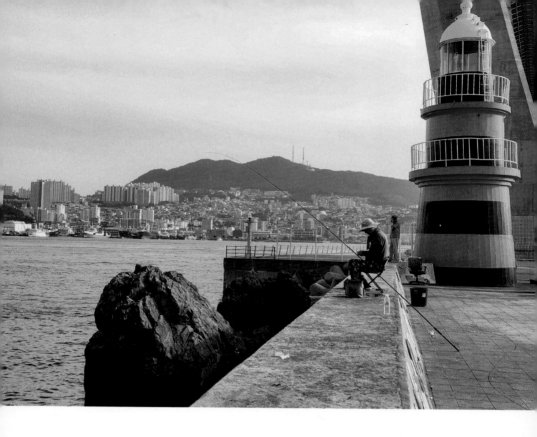

　부산은 등대의 도시. 한국에서 등대가 가장 많은 도시가 부산이다. 등대는 희망의 상징. 앞으로 나아가는 미래의 상징. 등대 하나 없는 도시가 수두룩한데 부산은 얼마나 흐뭇한가. 등대 못 본 사람이 수두룩한데 부산사람은 얼마나 흐뭇한가.

　부산 등대 시작은 감만동 제뢰등대다. 지금 남은 등대 가운데 부산 첫 등대가 제뢰다. 1905년 세웠다. 제뢰(鵜瀬)는 '오리여울'이란 뜻. '제'를 옥편에서 찾으면 '사다새 제.' 사다새를 인터넷 검색하면 오리처럼 생긴 물새가 나온다. 오리여울 또는 까치여울이라고 불리는 암초에 세운 등대가 제뢰다. 암초는 여울이 아니고 '여'인데 아무튼 그렇게들 불렸던 모양이다. 등대

기능은 2001년 마쳤고 이제는 등대였음을 기념하는 등대다.

제뢰등대는 원래는 등대가 아니었다. 등대가 아니라 암초가 있으니 조심하라는 등표였다. 오리여울로 불리던 암초가 매립되면서 등대로 되었다. 부산 첫 등대를 여기 세운 건 여기가 부산항 들목이기 때문. 감만동은 조선시대 해군사령부인 경상도 좌수영 본거지며 일제강점기 군부대 주둔지였다.

백문이 불여일견! 제뢰등대 안내을 보자. 제뢰등대를 설명하는 거의 유일한 자료라서 귀하게 모셔야 한다. 설명은 좀 길지만 토씨 하나 건드리지 않

'이 등대는 부산항의 중앙에 위치한 오리여울 또는 까치여울로 불리는 수중 암초에 등대를 건립하여 제뢰등대라 하였으며, 대한제국 최초의 정부 등대 설치사업으로 광무 9년(서기 1905년) 6월에 점등한 현존하는 부산항에서 최고 오래된 역사를 지닌 등대이다.

당시 구조는 석조 원형으로 높이는 2장 3척(6.97m)이며, 색상은 홍색과 흑색을 횡선하고 상부에는 백색을 도장하였으며 등대의 불빛은 가스등을 사용하여 백색 부동등으로 나타내었다.

등대 설치 무렵 부산항의 항만시설은 예전 부산시청 자리인 용두산 밑에 자그마한 방파제에 둘러싸인 약 7,000평의 선박계류장과 우암천, 못골, 적기의 포구 및 감만의 군영이 전부였으며 등대의 필요성을 느끼지 못하였으나 일본이 청일전쟁(1891~1892) 이후 일본 함선의 통항을 위해 한반도 전 해안에 등대 설치위치를 조사하고 1901년 "한일무역규칙 및 해관세목"에 한국정부가 등대를 설치하도록 조약을 체결한 후 건설비는 한국정부가 부담하고 건설은 일본해군과 한국정부에서 나누어 시행하였다. 제뢰등대를 1998년 부산항북방파제등대로 명칭을 변경 사용하다가 2001년 신감만부두 건설로 육지와 연결되고 등대 전면의 수중 암초에 감만부두등표를 설치함으로써 95년간 부산항을 밝혀온 등대로서의 기능을 마치고 영구보존 등대로 지정하여 그 역사성을 간직하고자 한다.

고 오자 하나 건드리지 않고 인용한다. 이 세상 하나뿐일 동판이 백사장 모래처럼 유실되기 전 단단히 붙들어 두자는 심산에서다.

전등과 후등을 갖춘 부산도등은 일제강점기 고관 앞바다를 매립할 무렵 철거했다. 아는지 모르는지 낚시꾼은 부두 방파제에 붐빈다. 등대와 방파제는 맞닿았다. 오토바이 선글라스 멋쟁이 낚시꾼은 올해 일흔둘 '나이 든 오빠.' 감만동 토박이다. 왕년의 제뢰등대는 바다 한가운데 있었다며 등대 암초에서 대물 낚은 무용담을 떠벌린다. 배를 타고 가서 내렸던 암초는 아직도 등대 아래 일부 남아 있다. 난간에 기대어서 내려다보면 보인다. 생긴 게 오리처럼 보이기도 하고 까치처럼 보이기도 한다.

"거기가 바다 가운데라니까!"

매립 전 바다는 어디부터였을까. 일흔둘 토박이는 감만동 현대아파트 근처도 바다였다고 한다. 방파제에서 아파트까지는 차로 5분 거리. 5분 거리 제법 너른 땅이 원래는 바다였다. 2001년 신감만부두 건설로 유행가 가사처럼 바다는 육지가 되고 등대 암초 또한 육지가 된다. 그러면서 제뢰는 등대 아닌 등대가 되어 95년 등대지기를 마감한다.

부산 첫 등대 제뢰. 등탑은 2층 구조다. 층마다 난간을 쳤다. 투명유리 등은 2층 옥상에 봉긋하다. 등탑 색상은 안내판 설명대로 흑색과 홍색. 번갈아 가며 각각 세 줄이다. 설치장소 또는 주위에 암초 같은 고정 장애물이 있다는 뜻이다. 이를 고립장애표지라고 한다.

"스스로 낮춘 게 속이 차 보이네요."

감만동 옆 동네 우암동에서 미술학원 이십오륙 년 경력 김 원장은 7m 채 되지 않는 제뢰등대 낮은 키에 측은지심을 갖는다. 여기 등대가 몸을 낮춰 100년 세월을 헌신했으니 이제는 등대에 보답하자는 마음이다. 학원 아이들을 데려와서 등대를 보여주고 등대의 가치를 보여주고 싶단다. 미술학원 원장님답게 이런 말도 덧붙인다. 매립되기 이전 원래 해안가를 그림지도로 그려 아이들에게 사람들에게 보여주고 싶다고.

　제뢰등대는 부산 첫 등대. 처음과 끝은 다르지 않으며 이어진다. 처음에서 끝을 보며 끝에서 처음을 본다. 지금은 등대 기능을 멈춘 제뢰등대를 보면 끝에서 처음을 보는 기분이 든다. 처음을 보는 기분, 처음을 보는 마음. 그건 곧 초심을 돌아보는 일이며 초심으로 돌아가는 일이다. 제뢰등대를 귀하게 모셔야 하는 이유다.

용호등대

옛사랑, 옛 기억은 색도 선도 붉고 진하다
날이 지나고 달이 지난다고 어찌되지 않는다

기장군

해운대구

수영구

강서구

동구

남구   용호등대

중구

서구

사하구

가덕도

영도구

해운대에서 남포동까지 걸은 적이 있는가. 뒷모습이 옛사랑인 듯한 사람을 따라가느라 길에서 벗어난 적이 있는가. 등대는 옛사랑이다. 옛사랑의 기억이다. 기억은 붉고 진해서 날이 지나도 색이 바래지지 않는다. 달이 지나도 선이 일그러지지 않는다. 길을 걷다가 등대가 보여 찾아오는 사람들. 등대가 걷는다면 등대를 따라가느라 길에서 벗어날 사람들.

옛사랑, 옛 기억은 색도 선도 붉고 진하다. 날이 지나고 달이 지난다고 어찌되지 않는다. 왜 그런가. 맺어지기를 바라는 마음을 던졌기 때문이다. 희망하지 않기에 절망하지 않는다. 옛사랑, 옛 기억은 역설이다. 사랑에 혼이 빠져 실성한 표정이 아니라 희망도 절망도 하지 않는 평온이랄지 고요가 감도는 표정이다. 평온이랄지 고요. 그게 곧 등대의 표정이다.

해운대에서 남포동 가는 길. 길은 여러 갈래다. 광안리해수욕장을 지나 용호동을 스쳐 감만동으로 빠지는 길도 그 하나다. 용호등대는 용호동에 있는 등대. 남포동 가는 길에서는 약간 벗어났다. 그래서 등대를 찾아보려면 뒷모습이 옛사랑인 듯한 사람을 따라가는 심정이어야 한다. 다만, 따라가다가 그 사람이 멈춘다고 같이 멈추면 안 된다. 그대로 지나쳐야 한다. 멈춘다고 같이 멈추면 따라다닌 게 표가 나므로.

등대가 멈춘 곳은 용호동 매립지. 갈맷길과 해파랑길 리본이 해풍에 날리는 소공원 안쪽이다. 갈맷길은 부산 안의 길이고 해파랑길은 부산 안팎의 길이다. 부산에서 강원도 끝단까지 이어진다. 용호등대는 둘. 특이한 건 둘 다 붉은색 등대다. 하나는 흰색이어야 할 텐데 왜 그럴까. 좌우에 하나씩 있지 않고 육지에서 보면 둘 다 왼편에 있는 까닭이다. 포구로 들어오는 배는 등대 둘을 배의 왼편에 둔다. 입항한 배는 용호어촌계 활어판매장에서 시동을 끈다. 판매장은 천막촌. 바다를 낀 횟집들이라 부산답다. 부산 명소라 내세워도 손색이 없다.

등대는 색도 한 성깔 하고 생긴 것도 한 성깔 한다. 몸통을 네 번이나 뒤틀었다. 용트림하는 적룡의 기상이다. 몸통을 뒤트는 탄력으로 용은 승천하리라. 눈동자만 그려 넣으면 그렇게 되지 싶은데 아뿔싸 사람의 손이 닿지 않는 곳에 눈이 있다. 외벽에 철제계단을 냈지만 그마저도 손이 닿지 않는다. 성깔 부리는 건 또 있다. 태양광 충전판의 위치. 등대 상단이 아니라 하단에 있다. 충전판은 등대를 빙 돌며 셋. 용이 승천하려면 하나 갖고는 어림도 없어서 셋을 두었지 싶다.

'해와 달의 빛을 받아 반짝이는…'

등대 하단 네 면 가운데 세 면은 충전판. 나머지 한 면은 동판이다. 동판은

등대 디자인을 설명한다. 짧으니 마저 인용한다.

> '…반짝이는 바닷물 및 윤슬의 이미지와 부산광역시 시화인 동백
> 꽃을 기하학적으로 해석하여 형태를 구성하였고.' 끝 구절은 '상징
> 성과 조형미를 부각하였다.' 이다.

여기 등대는 바닷물과 윤슬이 반짝이고 동백꽃이 피어나는 등대란 내용이다. '윤슬'은 순우리말. 국어사전에 나온다. 출판도 하고 시도 쓰는 후배 딸 이름이 윤슬이다.

풍광은 백미다. 목재 계단 전망대에 앉아 바다를 보노라면 다음에 또 와야지 하는 생각이 저절로 든다. 바로 앞은 광안대교. 보름달 뜨는 초저녁 풍광은 특히 백미. 여기서 보는 보름달 때문에 이사를 안 한다는 수필가가 있을 정도다.

보름달 뜨는 초저녁. 여기서 사랑을 고백해 보시라. 사랑하는 사람에게 속에 꾹꾹 눌러둔 말을 해보시라. 말 못 하고 우물쭈물하다가 날을 허송하고 달을 허송한 사람은 얼마나 많은가. 얼마나 바보 같은가. 보름달 뜨는 초저녁, 동백꽃 같은 등대 한 송이가 사랑 고백에 용기를 불어넣으리라.

등대 뒤로는 화단이랄지 공원. 그 너머로 학교 셋이 보인다. 초중고다. 교명은 모두 같다. 셋 다 '분포'다. 분포는 여기 포구의 옛 이름. 옛사랑 이름을 잊지 못하듯 옛 포구 이름 역시 잊지 못한다. 분포 분은 동이 분(盆). 물동이 분이고 화분 분이다. 분포는 다른 이름으로 분개라 하고 용호동 토박이들은 억양이 세 '분깨'라 그런다. '개'는 포구 포의 우리말이다.

"옛날에 소금 굽는 동이가 있었다네요."

　분포는 왜 분포일까. 남구청 하인상 구보 편집장은 시인 겸 카툰작가. 왜 분포인지 궁금증을 풀어준다. 1960년대까지만 해도 여기에 염전이 있어 소금을 내었다. 소금 내는 방식은 등대만큼이나 특이해 동이를 썼다. 바닷물 가득 담은 큰 동이에 불을 때면 바닷물은 증발하고 소금만 남았다. '분깨소금'은 '명지소금'과 함께 으뜸으로 쳐 주는 소금이라서 한 알 한 알 백금이었다. 분포등대는 백금 밭에 세운 등대라서 낮에도 반들대고 밤에도 반들댄다.

　밤낮으로 반들대는 등대답게 연식은 새롭다. 둘 다 2009년 12월 4일생이다. 홍등을 6초에 두 번 깜박인다. 정식 명칭은 '용호만북단(남단)등대.' 등대에서 보면 전방과 좌우 삼면이 산이다. 전방은 장산, 좌는 장산 아들이란 장자산 자락, 우는 황령산이다. 등대 하나를 두고 산 셋이 각축이다.

　참, 등대는 하나가 아니다. 둘이다. 밤이면 밤마다 산 셋은 등대 둘에게 구애의 눈빛인지 불빛을 보낸다. 마음을 정하지 못한 등대는 그런데도 알아들었다는 눈빛인지 불빛을 밤이면 밤마다 보낸다. 산도 알고 등대도 아는 것이다. 우물쭈물하다간 사랑을 붙잡지 못한다는 것을. 우물쭈물하다간 옛사랑이 된다는 것을.

오륙도등대

언제나 한결같은 눈빛이
사람과 사람 사이를 잇다

기장군

해운대구

수영구

강서구

동구

남구

중구

오륙도등대

서구

사하구

영도구

가덕도

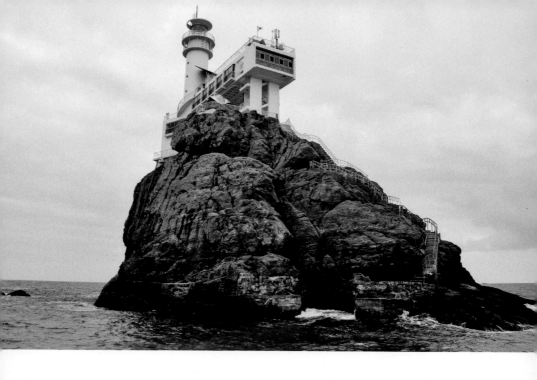

등대 등은 등불 등(燈). 밤하늘 반짝이는 등불이 별이라면 밤바다 반짝이는 등불이 등대다. 사람 마음엔들 등불이 없으랴. 하루하루가 밤하늘처럼 캄캄하고 밤바다처럼 캄캄할 때 순간순간 반짝이는 마음의 등불. 서정시인 정일근은 기다리는 마음과 보고 싶은 마음을 이어주는 눈빛이 등대라고 노래한다.

부산은 등대의 도시다. 여섯 광역시 가운데 등대가 가장 많다. 바다를 끼지 않은 광역시는 그렇다 치고 울산 인천과 견줘서도 부산은 단연 등대의 도시다. 유인·무인 등대가 부산은 2013년 기준 65곳이고 울산은 49곳, 인천은 35곳이다. 등대의 도시 부산은 그래서 반짝이는 도시다. 밤바다 등불 반짝이면서 배를 불러들이고 마음의 등불 반짝이면서 사람을 불러들인다.

오륙도는 부산의 상징. 부산 바다를 상징하고 부산 기질을 상징한다. 부산 바다는 남해와 동해를 아우르는 바다이고 남해와 동해 경계가 오륙도다. 남해는 섬이 많은 다도해. 다정다감한 바다다. 동해는 탁 트인 바다. 걸림이 없다. 부산 사람 다정다감하고 화통한 기질은 부산 바다에서 비롯되고 부산 바다 한가운데가 오륙도다.

오륙도는 또한 한국을 대표하는 명승지다. 문화재청은 경치가 빼어난 곳을 국가 명승지로 지정한다. 부산에선 오륙도와 태종대 두 군데다. 오륙도는 섬이 다섯이 됐다가 여섯이 됐다가 해서 붙여진 이름. 보는 위치에 따라서 그렇고 물이 들고 빠짐에 따라서 그렇다. 섬은 뭍에서 수평선 쪽으로 이어진다. 섬마다 이름이 있다. 뭍에서부터 방패섬, 솔섬, 수리섬, 송곳섬, 굴섬, 등대섬이다.

등대섬 애초 이름은 밭섬이었다. 밭처럼 평평해서 그렇게 불리다가 등대가 들어서면서 등대섬으로 불린다. 등대는 1937년 11월 세웠다. 일제강점기 일제가 필요해 세웠지만 지금은 한반도 관문이자 한국을 대표하는 해양도시 부산의 앞바다를 굽어보는 터줏대감이다. 처음 세울 때 6.2m이던 등탑은 1998년 27.5m 높이로 우뚝 섰다. 1998년 오륙도등대는 의미가 남다르다. 우리나라 최초 시민현상 설계공모로 세운 등대다. 주제는 '자연과 인공의 극적인 만남.'

등탑을 높이면서 불빛도 높아지고 밝아졌다. 10초에 한 번 반짝이는 흰색 섬광이 도달하는 거리는 21마일. 40km에 이른다. 대마도에서도 오륙도등대 불빛이 보인다. 물론 여기서도 대마도 불빛이 보인다. 해가 날 때는 태양열로 충전하고 해가 가린 날이나 장마철에는 발전기 두 대를 교대로 가동한다. 누구든 등대 구경이 가능하다. 등대전시관도 있다. 국내외 등대 역사를 알려주는 사진과 1930년대 등대 공사 당시 자재 일부를 전시한다. 관광객이나 낚시꾼에게 화장실이 개방돼 편하다.

오륙도등대는 흰 등대
등대에다 대고 바다는
푸른 먹물로 행서를 쓴다
물새가 들여다보곤 끄덕이다 가고
해초가 달라붙어 낙관을 찍는다
오륙도등대는
동해와 남해가 만나는 등대
짐작인들 했으리
윗물 아랫물 다가가고 다가와
마침내 합치는 동해와 남해
두 바다가 하나 되면서
먹물 듬뿍 묻혀 눌러쓴 글씨
한 자라도 놓칠세라
어둡다 싶으면 호롱불을 켠다

- 동길산 시 '오륙도등대'

오륙도등대는 유인등대. 사람이 지키는 등대다. 유인등대는 20마일 이상 떨어진 데서 식별할 수 있다. 멀리서 오는 배가 육지를 처음 인지한다 해서 육지초인등대라고도 한다. 모든 유인등대는 희다. 무인등대는 20마일 이하의 연안을 항해하는 선박이 배의 위치를 아는데 필요한 등대다. 부산엔 62곳이 있다.

"섬이 흔들리는 걸 느낄 정도예요."

오륙도 등대지기는 세 명. 서울올림픽이 열리던 1988년 이후 항로표지관리원으로 불리지만 정겹긴 등대지기가 정겹다. 등대도 정식 명칭은 항로표지관리소다. 두 명이 4박 5일 근무하고 한 명은 2박 3일 쉰다. 한 달 전체적으론 20일 근무하고 10일 쉬는 셈이다. 마흔 중반 김흥수 소장이 지난여름 일을 들려준다. 태풍이 연이어 들이닥쳐 배가 뜨지 않아서 보름 가까이 근무했다고. 암벽을 때린 파도가 등탑까지 튀어 오를 정도가 되면 섬이 흔들리는 게 감지된다고. 가파른 비탈길 계단을 내려오며 그 얘기를 듣는데 다리가 다 떨린다.

등대전망대에 서면 수평선이 눈높이에서 펼쳐진다. 수평선은 완만하다. 이 세상에서 가장 완만하고 부드러운 곡선이지 싶다. 저 수평선을 보고 있노라면 마음에 난 모가 조금은 깎여나갈지 모르겠다. 구름 사이사이로 새어 나온 햇살이 바다 한가운데 기둥을 세운다. 햇살 기둥이 열은 넘어 보인다. 바다와 하늘의 신이 힘을 모아서 세운 신전의 기둥 같다. 졸지에 나는 스케일이 큰 사람이 돼 버린다. 한없이 부드러워지고 넓어진다.

등대 불빛이 든든한 건 언제나 그 자리에 있다는 것. 그리고 한결같다는 것. 희게 반짝이는 등대는 언제나 그 자리에서 희게 반짝이고 10초에 한 번

반짝이는 등대는 언제나 그 자리에서 10초에 한 번 반짝인다. 사람과 사람 사이도 그랬으면 좋겠다. 아주 멀리 떨어져 있어도, 아주 오래 만나지 못해도 마음만은 언제나 그 자리에 한결같았으면 좋겠다. 보고 싶은 마음과 기다리는 마음을 잇는 눈빛이 등대이듯 언제나 한결같은 눈빛이, 등대 같은 눈빛이 사람과 사람 사이를 이으면 좋겠다.

"SK 사는데 등대는 처음 와 봤어요."

노재현 씨는 오륙도 선착장 가는 길목 아파트에 산다. 서울 말씨를 쓰며 부산에 온 지 3년 됐다는 주부다. 반짝이는 도시 부산에 이끌렸고 요즘 사진 찍는 재미가 쏠쏠하다. 처음 와본 오륙도지만 경치도 참 좋고 사진 찍기도 참 좋다며 '참 참'을 연발한다. 용호동 선착장에 오륙도 가는 배가 있다. 선착장에선 해녀들이 해삼이니 돌멍게니 해산물을 내다 판다. 도시철도 2호선 경성대·부경대역 사거리에 용호동 SK뷰 가는 시내버스나 선착장 가는 마을버스가 있다.

민락등대

오해도 풀고 미움도 풀자며
내 안에서 우러나오는 소리

기장군

해운대구

수영구

강서구

동구

남구

중구

서구

민락등대

사하구

가덕도

영도구

후 불어 안개를 걷어내면
당신과 나 사이
눈빛이 닿을 만큼 가깝다
당신에게 이르는 길
멀어서 먼 게 아니라
안개에 가려서 멀고
보이지 않아서 멀다
때로는 오해하고
때로는 미워하며
당신과 나를 가로막는 안개
내가 불어대는 입김은
당신에게 내미는 손
더 늦기 전에
오해도 풀고 미움도 풀자며
내 안에서 우러나오는 소리

- 동길산 시 '민락등대'

등대는 소리다. 안개를 가르는 소리다. 안개를 가르고 길을 내는 소리다. 등대가 터준 길을 따라 배는 나아가고 마침내 궁극에 다다른다. 들짐승이 소리 내어 새끼를 품으로 불러들이듯 등대는 소리 내어 배를 궁극으로 불러들인다. 등대가 내는 소리엔 어미의 심정이 담겼다.

바다의 안개는 불협화음. 수온과 기온이 온도 차가 나면서 안개는 생긴다. 수온과 기온이 삐꾯대면서 안개는 생긴다. 누가 봐도 표나게 삐꾯대면 안개는 진하고 표나지 않게 삐꾯대면 연하다. 걷어내고 걷어내도 갈 길을 가로막는 안개. 바다에서 안개는 낭만이 아니라 길을 막는 낭패다.

사람과 사람 사이에도 안개가 생긴다. 때로는 진하고 때로는 연한 안개가 사람 사이를 가로막는다. 안개는 오해로 삐꾯대면서 생기고 미워 삐꾯대면서 생긴다. 안개에 갇히면 안다. 얼마나 막막한지. 사람을 얼마나 처지게 하는지. 더 막막하기 전에 더 처지기 전에 누구는 손을 휘저어 안개를 걷어내고 누구는 입김을 불어 걷어낸다.

민락항 방파제등대는 소리를 내는 등대다. 소리를 내어 배를 불러들이는 등대다. 소리를 내는 이유는 여기 바다가 자주 삐꾯대기 때문. 민락 바다에서 가장 가까운 산 이름이 백산인 것도 안개가 한 이유다. 백산 지명에 관한 여러 설 가운데 하나가 안개가 껴 늘 뿌옇다고 흰 백(白) 백산이다. 부산 MBC 뒷산이다.

"광안대교 주탑도 안 보입니다."

등대 초입 부산해경 민락파출소에서 광안대교까지 거리는 900m 남짓. 주탑은 대교에서 가장 높이 치솟은 첨탑이라 몇 킬로 밖에서도 보이는 게 정상이다. 그러나 비가 잦아 안개 짙은 봄이나 여름엔 대교 상판은 물론이고

주탑조차 안 보인다며 민락파출소 김민식 경사가 귀띔한다. 안개는 주로 이른 아침에 낀다.

민락항 방파제등대로 가는 길. 여느 방파제등대처럼 붉은 등대가 왼편이고 흰 등대가 오른편이다. 김 경사가 보여준 해도엔 각각 Fl(2)R6s5M, Fl(2)G6s5M으로 표기한다. 붉은 등대에선 홍등이, 흰 등대에선 녹등이 6초에 두 번 깜박이며 광달거리는 5마일이란 뜻이다. 김 경사는 이 부근에서 14년을 산 반토박이. 모르는 데가 없다. MBC 뒷산이 백산인 것도 알고 놀이시설 미월드 언덕이 조선시대 점이대인 것도 안다.

파출소에서 나와 직진하면 붉은 등대 방파제다. 방파제 입구 전광판 자막이 주말의 명화 명대사처럼 인상적이다. '바다에서 사고 나면 122. 1 한 번, 2 두 번.' 방파제는 길고 열 몇 걸음마다 난간에 달린 표지판이 추락 위험을 경고한다. '삼발이'라 부르는 테트라포드를 겹겹이 쌓고서 지은 방파제라 난간 아래가 아찔하다. 삼발이를 딛고 챔질하는 낚시꾼도 아찔해 보인다.

"아빠! 몇 마리야?"

흰 등대 방파제 난간에 붙어 서서 남자아이 둘이 연신 아빠를 채근한다. 큰애는 올해 초등생이 되고 동생은 연년생이다. 파도가 넘실대는 맨 아래 삼발이에서 낚시하는 아빠는 대답은커녕 돌아보지도 않는다. 큰애가 스마트폰을 켜 몇 신지 보여준다. 4시 46분. 1시부터 낚시했는데 아직 한 마리도 잡지 못해 저런다고 고자질하듯 일러바친다. 바로 앞은 광안대교. 교각과 교각 사이로 바다에 뜬 부표가 보인다. 네 시간이 되도록 고기 한 마리 잡지 못한 낚시꾼을 용용 약 올리며 간들댄다.

민락등대는 개성이 뚜렷하다. 원통형 2층 구조이며 층층이 팔각 난간을 쳤다. 등대 내부로 들어가는 출입문은 2층에 냈다. 1층에서 2층으로 가는 철제사다리가 노출됐고 빛을 발산하는 옥상 등명기 역시 노출됐다. 창문은 따로 내지 않아 밋밋하다. 대신 우직해 보인다. 등탑은 밑에서 보면 벙거지를 쓴 형상이다. 벙거지는 도둑 잡던 군졸이 쓰던 모자. 덕분에 등대가 듬직하면서 고풍스럽다.

흰 등대는 난하다. 검정 스프레이로 낙서질을 해댄 바람에 이맛살이 찌푸려진다. 낙서에도 품격이 있을 텐데 매를 좀 맞아야겠다. 등대를 우롱한 죄. 등대를 찾은 사람을 우롱한 죄. 그렇게 봐서 그렇겠지만 광안대교 너머 수평선도 낙서. 하늘과 바다 정중앙 길게 그어놓은 한 줄짜리 낙서. 품격이 있어서 선이 단아하다. 흐트러짐이 없다.

방파제 내항은 민락포구. 수협위판장과 활어판매장이 포진한 포구다. 포구에서 횟감을 사서 초장집으로 가거나 횟감과 초장과 채소를 사서 한국 최초 수변공원이란 데 가 보자. 민락수변공원은 날씨가 좋고 놀기가 좋은 날은 인산인해다. 아니, 인해인해다. 태풍 매미가 물고 온 큼지막한 갯바위가 명물이고 광안대교 불꽃축제가 명물이다. 웨딩사진을 찍으면 배경이 멋지게 나오겠다. 사진에서 갯내가 물씬 나겠다. 아쉽게도 민락수변공원은 2023년 7월부터 '술 금지'다.

광안대교 상판에 불이 들어온다. 다리에 단 등대, 교량등이다. 여기 방파제서 보이는 교량등은 셋. 홍등이 둘이고 녹등이 하나다. 양옆 홍등과 녹등은 한 번씩 깜박이지만 가운데 홍등은 Fl(4)R8s다. 8초에 네 번을 달아서 깜박인다. 배가 이리로 오면 절대 안 된다는 메시지다. 생은 고해. 오늘 여기를 사는 우리는 고난의 바다에 떠다니는 쪽배 같은 존재다. 우리에게도 저런 신호등이 있으면 좀 좋을까. 생의 갈림길에서 갈팡질팡할 때 홍등 녹등 번갈아 깜박이며 인도해 주면 좀 좋을까.

신당등대

광안대교 자동차 불빛이 난필이라면
등불이 쓰는 글자는 또박또박 정자체

기장군

해운대구

수영구

강서구

동구

남구

중구

서구

신당등대

사하구

가덕도

영도구

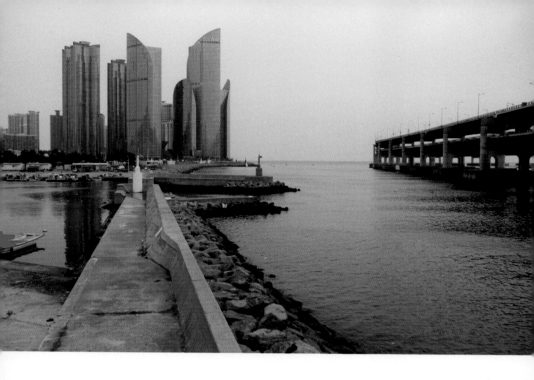

마주보는 등대는 속이 타겠다. 보기는 늘 봐도 더 가까이 다가가지 못하니. 차라리 안 보는 게 낫지 늘 봐도 다가가지 못하는 그 속은 오죽 탈까. 마주보는 등대라도 동시에 반짝이는 등대는 좀 낫겠다. 타는 속을 한날한시 주고받으니.

마주보면서도 따로따로 반짝이는 등대는 속이 더 타겠다. 다가가지 못하는 것도 속 타는데 주고받는 마음마저 매번 어긋나니. 하나가 마음을 열면 다른 하나는 닫고 하나가 마음을 닫으면 다른 하나는 여는 두 등대. 말을 안 해서 그렇지 속이 시커멓게 탔겠다.

행복은 뭘까. 행복이 뭔지 가끔 생각한다. 생각은 하는데 잘 모르겠다. 수평선은 높은 데서 바라보면 높아지고 낮은 데서 바라보면 낮아지듯 어디에서 보느냐에 따라 행복은 달라지지 싶다. 그러나 분명한 것은 있다. 어디에서 봐도 그 수평선이 그 수평선이란 걸. 다르지 않고 같다는 걸.

이런 생각도 든다. 속이 탈수록 시커멓게 탈수록 행복한 게 아닐까 하는. 마음을 먹으면 쉽사리 얻는 행복도 행복이지만 아무리 마음을 먹어도 얻지 못하는 행복이 더 큰 행복이 아닐까 하는. 그 대표적인 게 이루지 못한 사랑. 이루지 못한 첫사랑은 더욱 그렇다. 속은 시커멓게 탔어도 흑단처럼 나전칠기처럼 윤이 나던 청춘의 맨 앞장.

신당등대는 수영강 길목 등대다. 바다에서 강으로 거슬러 올라가는 맨 앞장 등대다. 홍등과 녹등이 6초에 한 번 깜박이며 마주본다. 홍등이 마음을 열면 녹등이 닫고 홍등이 마음을 닫으면 녹등이 여는 등대라서 속은 탈 대로 타 버린 등대다. 저러다 제 열기에 북받쳐 스스로 분신이나 하지 않을까, 이십사 시간 등대를 주시하는 강은 여차하면 강물을 끼얹을 기세다.

신당등대가 있는 곳은 부산 수영강 민락교 입구 포구. 푸르지오 아파트 맞은편이고 광안대교 바로 아래다. 해도엔 여기가 신당항이라고 나온다. 포구 모서리 파출소 간판도 부산해경 신당파출소다. 신당이라. 감이 얼른 잡히지 않는다. 성큼성큼 파출소에 들어가서는 당직자에게 다짜고짜 물어본다. 왜 신당이냐고.

"신을 모시는 당집이 있어서 신당이라네요."

당직자는 이종화 경사. 제주해경에 근무하다 여기 온 지 한 달밖에 안 돼 잘 모르겠다며 어촌계장에게 전화로 알아봐 준다. 매립되기 전 신당이 있어서 그렇게 부른단다. 부산 포구 열이면 열이 지명을 딴 이름이기에 지역 색깔이 도드라진 신당항은 귀한 이름이다. 귀하게 모셔야 할 포구다.

해도엔 신당항이지만 도로표지판 표기는 우동항이다. 어촌계 이름도 우

동어촌계다. 여기가 행정지명으로 해운대구 우동이다. 우동은 왜 우동일까. 해운대구엔 중동이 있고 중동 양옆이 좌동이고 우동이다. 좌우의 기준점이 있을 터. 장산이 기준점이다. 장산에서 봐 왼편에 있으면 좌동이고 가운데는 중동, 오른편이 우동이다. 오른 우, 왼 좌를 쓰다가 언제부턴가 사람 인변을 붙여 도울 우, 도울 좌를 쓴다. 해운대구청 있는 곳이 중동이고 신시가지가 좌동이다. 우동은 수영강 방향이다.

신당항은 보기완 딴판이다. 민락교를 지나면서 보면 그저 그런 포구지만 가까이 가서 들여다보면 보기보단 규모가 있다. 소규모이긴 하지만 조선소가 있는 포구고 출장소이긴 하지만 해양파출소가 있는 포구다. 무엇보다 신당이 있었던 포구다. 신당이 있었단 것은 무사히 돌아오기를 기원해야 하는 배가 많았단 방증이다. 이곳을 드나드는 배가 많았단 방증이기도 하다.

신당항은 분명 호시절이 있었을 것이다. 바다와 강이 만나는 낙동강 하구 하단포구에 비할 바는 아니겠지만 바다와 강이 만나는 수영강 하구 신당포구도 범선으로 북적이던 시절이 있었을 것이다. 수군통제영은 요즘 말로 하면 해군작전사령부. 조선시대 경상도 수군통제영이 통영과 수영 두 군데였던 걸 고려하면 수영 신당포구는 이제라도 우러러봐야 할 포구다. 감싸고 보듬어야 할 포구다.

등대도 아는 눈치다. 등대가 의탁한 곳이 지금은 갓끈 떨어져 그저 그런 신세지만 한때는 문전성시 대갓집이었단 걸. 부자는 망해도 삼대는 간다. 비록 입성은 허술해도 어딘지 모르게 부티가 나고 귀티가 나는 포구라서 등대도 언행을 삼간다. 입이 무겁고 동작이 무겁다. 포구로 들어오는 조류도 분위기에 눌려 조심스럽다. 그게 바닷물이든 강물이든 포구의 눈치를 살피며 들어오고 등대의 눈치를 살피며 들어온다.

그게 바닷물이든 강물이든 등대는 개의치 않는다. 출신을 따지고 성분을 따지는 건 세속의 일. 신당등대는 신을 모시던 곳에 있는 등대라서 세속의 일에 연연하지 않는다. 등대가 뿜어내는 기운은 정갈해서 신이 계신다는 하늘로 솟구친다. 신당등대에선 마음만 먹으면 누구라도 솟구칠 수 있다. 마음만 먹으면 누구라도 철제 계단을 딛고 등대 가장 높은 곳으로 오를 수 있다. 신들린 듯 계단을 딛고 올라가 철문을 열면 신과 동격인 태양이 발산하는 열을 받아들이는 배터리가 신주처럼 모셔졌다.

철문을 닫고 다시 계단을 올라가면 등명기. 외부로 드러난 등명기는 길쭉하달지 뾰족하달지 생겨먹은 게 꼭 펜촉이다. 캄캄한 밤하늘을 습자지 삼아 녹색 홍색 펜글씨를 쓰는 등대가 신당등대다. 광안대교를 질주하는 자동차 불빛이 쓰는 글씨가 난필이라면 신등등대 등불이 쓰는 글씨는 한 글자 한 글자 또박또박 쓰는 정자체. 얼마나 힘주어 눌러썼는지 밤하늘 군데군데 구멍이 나 있다. 구멍마다 잔별이 들앉았다.

수영만등대

가까이에선 한꺼번에 보지 못하던 양쪽 끝 등대
멀리 떨어져서야 비로소 보이다, 사람 사이처럼

기장군

해운대구

수영구

동구

남구

강서구

중구

서구

수영만등대

사하구

가덕도

영도구

누구나 잘나가는 때가 있다. 잘나가서 들뜨는 때가 있다. 등대는 잘 나가는 배를 불러들이기도 하고 불러들여 세우기도 한다. 등대가 불러들이고 세운 배를 들어올리면 밑바닥에 달라붙은 따개비며 해초들. 잘 나가던 배에 기생하던 욕망의 따개비며 해초다. 잘나가던 때는 보이지 않던 욕망의 기생이다.

　누구나 잘 풀리지 않는 때가 있다. 풀리지 않아서 주눅드는 때가 있다. 등대는 주눅든 배를 품기도 한다. 그래, 쉬어라. 품 안에서 쉴 만큼 쉬어라. 욕망을 비우고 마음을 비워 가장 가벼울 때 가장 멀리 나아가는 법. 주눅든 시간이 길수록 몸은 가벼우리라. 멀리 더 멀리 나아가리라.

　누구나 잘나가던 때가 있고 잘 풀리지 않는 때가 있다. 잘나가다가도 풀리지 않을 때가 있고 풀리지 않다가도 잘나갈 때가 있다. 삶에 면벽하고 있으면 알게 되는 것들. 잘나간다고 들뜰 것도 없고 풀리지 않는다고 주눅들 것도 없다. 삶에 면벽하듯 등대에 면벽하고 있으면 알게 되는 것들. 잘나갈수록 욕망으로 몸은 무겁고 풀리지 않을수록 몸은 가볍다.

수영만등대는 수영 요트경기장 등대. 수영 요트경기장은 한국 요트의 중심. 1986년과 2002년 아시안게임 요트경기를 치른 곳이 여기 앞바다고 88서울올림픽과 05세계청소년 요트대회를 치른 곳이 여기 앞바다다. 경기를 치른 곳이 앞바다니 여기는 경기장보단 계류장이 맞는 표현이겠다. 지금도 일 년에 서너 차례 국내외 경기가 열린다.

"세계일주를 하는 외국인들도 들어와요."

88올림픽을 치른 이후 한국 인지도가 높아지고 한국에도 요트 계류장이 있다는 사실이 알려지면서 외국인 요트도 심심찮게 입항한다. 이전엔 일본에 정박하곤 바로 돌아갔다. 집 떠난 지 10년씩 되는 외국인 요티도 있다고 류재동 부산요트협회 부회장이 들려준다. 요티들은 며칠 지내다 돌아가는 게 아니고 몇 달씩 때론 몇 년씩 지내기에 한국 호주머니가 이래저래 두둑해진다.

정박한 요트들은 하나하나가 '삐까번쩍'이다. 이름도 고상하다. Sea Lady(시 레이디) Free Bird(프리 버드) Onassis(오나시스) 솔로 비행. 돛을 내리고 홀로 남은 돛대는 하늘을 콕콕 찌르는 창이다. 요트는 중세기 유럽 기사, 돛은 직각으로 세운 기사들 창이다. 돛대 맨 꼭대기에 달린 풍향계는 요트 방향을 잡아준다. 사람에게도 풍향계가 있어 이리 가라 저리 가라, 방향을 알려주면 좋으련만. 돛도 없고 돛대에 달린 풍향계도 없는 선박 한 척이 '촌발' 날리며 계류장을 빠져나간다. 뱃전에 '밤이 아름다운 도시 해운대!'란 현

수막을 내건 오륙도 유람선이다. 촌발 날리지만 여기 와서 본 배 가운데 가장 정겹다.

수영만등대는 넷. 수영강 쪽 방파제 양끝에 백색과 적색 등대가 둘 있고 바다 쪽 방파제 양끝에도 둘 있다. 녹등과 홍등이 각각 6초에 두 번, 4초에 한 번 깜박인다. 녹등의 경우 해도는 각각 Fl(2)G6s5M, FlG4s5M로 표기한다. Fl은 플래시 약자, G는 그린, 6s와 4s는 6초와 4초, 5M은 빛이 도달하는 거리가 5마일이란 뜻이다. 자주 깜박일수록 위험도가 높다. 6초에 두 번 깜박이는 수영강 쪽 등대 양쪽 방파제엔 해상 펜스를 치고 선박 출입을 금지한다.

등대 자체도 접근 금지다. 등대 넷 모두 접근을 금지한다. 출입구마다 철망으로 막아두었다. 여기 등대는 가까이 가서 만져 보는 대신 멀리 떨어져서 그냥 보는 등대. 가까이에선 한꺼번에 보지 못하던 양쪽 끝 등대를 멀리 떨어져서는 다 볼 수 있고 더 멀리 떨어져서는 등대 넷을 모두 볼 수 있다. 사람 사이도 그렇다.

가까이에선 보지 못하던 게 떨어져서 비로소 보이는 경우가 있다. 다가가고 싶어도 다가가지 못하는 사람이 있다면 스스로 위안하자. 떨어져서야 그 사람이 온전히 보이는 거라고. 그 사람을 온전히 보기 위해서 지금은 떨어져 있는 거라고.

등대가 잘 보이는 곳은 광장. 철망 듬성듬성한 펜스가 쳐졌고 펜스 너머로 요트들이 다 보이고 등대 넷이 다 보인다. 등대 너머는 광안대교. 어두워지면 대교 교각과 상판에도 불이 들어올 테고 그 또한 장관이겠다. 펜스 바로 뒤는 88서울올림픽 기념탑, 요트경기장 성화대다. 화강암 부조가 금방이라도 튀어나올 듯 꿈틀댄다. 자전거를 타며 광장을 돌아다니는 두 아이도 꿈틀댄다. 88 꿈나무가 주역으로 활약하던 시절이 있었듯 저들도 언젠가는 주역이 되리라.

　"낚시하면 안 됩니다. 나가 주세요!"

　목소리가 꿈틀거린다. 신경질적이다. 계류장은 선주와 관계자 외 출입금
지 구역. 계류장 요트와 요트 사이 낚싯줄을 드리운 꾼에게 항내 안전운항
을 단속하는 직원이 확성기로 일갈한다. 직원 목소리가 꿈틀거리니 꾼 목
소리도 꿈틀거린다.

　"나갑니다. 나가요!"

　어쨌거나 확성기 탁음이 좀 거슬린다. 여기 계류장은 매립지. 바다가 누구
나의 바다가 아니듯 바다를 매립한 땅 역시 누구나의 땅이 아니다.
　계류장은 두 종류. 해상계류장이 있고 육상계류장이 있다. 팔려고 내놓은
요트나 손질이 필요한 요트를 육상에 견인한다. Lucky Lady(럭키 레디). 번
쩍 들어 올린 바람에 배 아랫도리를 다 드러낸 요트다. 레디가 부끄럽게 됐
다. 바다에서 지내는 동안 달라붙었을 해초와 따개비 같은 조개류를 긁어낸
배 밑바닥이 말끔하다. '럭키'해 보인다.

마린시티등대

자기라도 밤바다를 편하게 하자는 요량으로
등불 아예 끄고 있는지도 모르게 숨은 등대

기장군

해운대구

수영구

강서구

동구

중구

남구

서구

사하구

가덕도

영도구

마린시티등대

해가 지나는 자리는 달이 지나는 자리. 해가 지나면서 비추는 바다는 달이
지나면서 비추는 바다. 지금은 오후 두 시 무렵. 햇빛 받아 반짝이는 저 바다
가 곧 달빛 받아 반짝이는 바다다. 햇빛 달빛 받아 반짝이는 수면은 순우리
말로 윤슬. 반짝이는 저 바다는 윤슬의 바다다.

　바다가 햇빛 달빛만 받아 반짝일까. 불빛 받아 반짝이는 바다도 넓게 보면
윤슬이다. 등대 불빛이 비추는 바다, 밤배 불빛이 비추는 바다 모두가 윤슬
의 바다다. 더 넓게 보면 등대 불빛에 반짝이고 밤배 불빛에 반짝이는 사람
의 마음 또한 윤슬이지 싶다.

　가까이 가지 못하기에 더 애절한 것들. 사람이 그렇듯 등대가 그렇다. 갈
수 있는 등대보다 갈 수 없는 등대가 훨씬 많다. 무인도에 있어서 가지 못하
고 철조망 쳐져 가지 못한다. 애절해서 더 반짝이는 것들. 가까이 가지 못하

는 사람이 있어 마음은 더 반짝이고 가까이 가지 못하는 등대가 있어 마음은 더 반짝인다. 윤슬의 마음이 원래 그렇다.

마린시티등대는 철조망 쳐진 등대. 철조망 쳐져 가까이 가지 못하는 등대다. 등불이 점등하지 않아 해도엔 이름도 나오지 않는다. 바뀐 도로명으로 마린시티1로에 있다고 임의로 붙인 이름이 마린시티등대다. 등대는 등대인데 점등하지 않는 등대. 그래서 오히려 애절한 면이 있다. 그런 면이 더 다가가게 하고 더 들여다보게 한다. 동백섬 건너편 마린시티 고층아파트 즐비한 바닷가 방파제 끝단에 있다.

등대는 묵은 티가 난다. 정감은 더 간다. 군데군데 녹이 슨 게 연도가 제법 된 와인 같다. 생긴 것도 와인병이다. 점등하지 않는 등명기일망정 등대 꼭대기 자리를 잡은 게 영판 코르크다. 영판 병마개다. 등불이 들어온다면 마개 따는 소리가 날 것 같고 그 소리에 밤바다가 깜짝깜짝 놀랄 것 같다. 방파제 바로 안쪽 두어 척 어선은 느긋하다. 깜짝 놀랄 일이 없는 등대란 걸 이미 아는 듯 등대는 쳐다보지도 않는다.

"저길 넘어서 왔지요."

노인 한 분이 철망 담장 안쪽에서 미리 넘겨 놓은 낚시도구를 챙긴다. 출입문이 있으면 나도 들어가려고 물어보자 철망을 넘어왔단다. 굳이 철망을 칠 필요도 없지 싶고 등대 주변 철조망을 칠 필요도 없지 싶은데 들어오면 고발 조치한다는 경고문까지 보인다. 이유는 있을 터. 낚시하기엔 아슬아슬해 보이기도 한다. 좋게 생각하면 사람도 보호하고 등대도 보호하잔 마음일 터. 하나뿐이라 안 그래도 외로운 등대가 더욱 외롭게 됐다.

등대 너머는 오륙도 다섯 섬 여섯 섬. 등대와 오륙도 사이 바다는 햇살이

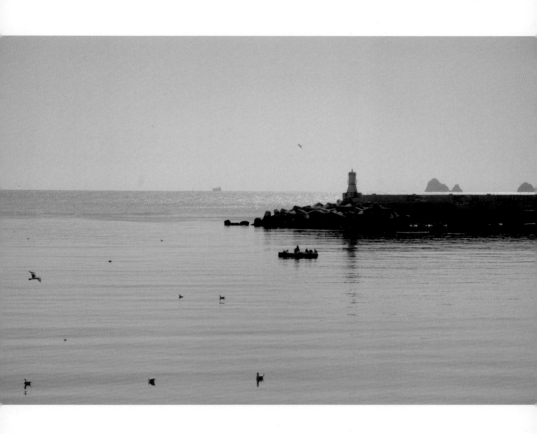

비춰 반짝댄다. 백금 같고 순은 같은 바다다. 햇살은 해가 쏘아대는 화살. 바다는 햇살을 얼마나 맞았는지 성한 데가 없이 반짝인다. 얼마나 맞았는지 신음을 토해낸다. 밧줄을 길게 늘어뜨려 해안에서 멀찍이 떨어진 자리에 뗏목이 떴고 가마우지 몇 밀려오는 신음을 피해서 뗏목에 앉았다.

갈매기는 맷집에서 가마우지 상대가 되지 않는다. 가마우지가 차지한 뗏목 근처에는 얼씬도 하지 않는다. 동백섬 동백에서 툭 떨어진 꽃잎처럼 점점이 떠다닌다. 물살에 떠밀려 떠오르기도 하며 내려앉기도 하며 긴 부리로 깃을 파고든다. 동백갈매기 점점이 흩뿌린 바다 저쪽은 동백섬 선착장. 지금은 동백이 꽃을 피우는 철. 꽃피는 동백섬에 봄이 오는 중이다.

마린시티등대를 보며 걷는 길은 갈맷길. 제주에 올레길이 있다면 부산엔 갈맷길이 있다. 갈매기를 보며 걷는 길이 갈맷길이고 갈맷빛 짙은 초록을 보며 걷는 길이 갈맷길이다. 봄꽃 화사한 옷을 차려입은 여인이 마린시티 갈맷길을 경쾌하게 뛰어간다. 목줄 달린 애완견이 뛰어가는 여인을 종종걸음으로 따라붙는다. 생머리 찰랑거리는 여인 뒤태를 훔쳐보는 애완견 눈빛이 반짝인다.

마린시티는 바다의 도시. 낮에는 바닷가 고층아파트가 바다에 비치고 밤에는 아파트 불빛이 비친다. 밤낮으로 비쳐 대니 바다는 정신이 얼얼하겠다. 바다의 품은 가없이 넓고 속은 가없이 깊다. 바다의 도시 마린시티등대는 청출어람이다. 바다보다 넓고 깊다. 자기라도 밤바다를 편하게 해 주자는 요량으로 제 몸의 등불을 아예 꺼 버렸다. 있는 줄도 모르게 꼭꼭 숨은 등대가 해운대 마린시티등대다.

누리마루등대

등대는 뾰족해져 우주에 닿고
하우스는 넓게 퍼져 우주에 닿다

기장군

해운대구

수영구

강서구

동구

중구

남구

서구

사하구

누리마루등대

가덕도

영도구

삶은 종종 허무하다. 바보 같다. 후 불면 날아가는 먼지가 삶이다. 불면 날아가는 먼지를 잡으려고 기를 쓰고 여기까지 왔는가. 숨 고를 겨를도 없이 달려왔는가. 그런 생각도 잠시. 허무하고 바보 같더라도 정면으로 대면해야 하는 게 삶이고 정면으로 대면할 수밖에 없는 게 삶이다.

　허무한 삶을 단적으로 보여준 이가 노무현 대통령이다. 만인지상에서 급전직하한 삶은 허무의 극점이다. 극과 극을 오간 그의 삶은 삶이 과연 무엇이며 어떠해야 하는가 하는 물음을 화두로 던진다. 삶은 과연 무엇이며 어떠해야 하는가. 후 불면 날아가는 것을 잡는 게 삶인가 놓는 게 삶인가. 주먹을 쥐는 게 삶인가 펴는 게 삶인가.

　누리마루등대는 등대 아닌 등대. 지나가는 배의 시선을 끄는 대신 여기 찾아오는 사람들 시선을 끄려는 장식용 등대다. 진짜 등대는 아니지만 받아들이기 따라선 진짜보다 진짜 같다. 등대를 보며 삶이 무엇인지 그리고 어떠해야 하는지 생각을 가다듬고 자세를 가다듬는다. 생각과 자세를 가다듬게 하기에 등대보다 더 등대 같은 등대가 누리마루등대다.

등대 있는 곳은 해운대 동백섬. 노무현 대통령 재임 당시 열린 정상회의 행사장 누리마루APEC하우스 가는 길목이다. 누리마루는 조어. 온 세상을 뜻하는 온누리에서 따온 '누리'와 가장 높은 곳 고갯마루에서 따온 '마루'를 합친 말이다. 세상에서 가장 높은 곳이란 뜻이다. 게다가 세계 정상들이 빙 둘러앉은 곳이니 얘깃거리가 많고 볼거리가 많다. 평일이고 쉬는 날이고 사람이 넘친다.

"하나둘 셋! 어어, 다시! 하나둘 셋!"

등대가 있는 전망대에도 사람이 넘친다. 저마다 카메라나 스마트폰으로 여기 온 것을 기념한다. 배경은 APEC하우스가 되기도 하고 수평선이 되기도 하고 등대가 되기도 한다. 등대에 두 아이를 기대 세운 엄마는 진땀이다. 다섯 살쯤 돼 보이는 딸아이는 그런대로 말이 통하는데 세 살쯤 아들은 영 제멋대로다. 셔터를 누를 만하면 얼굴을 돌리고 누를 만하면 전망대 마룻바닥에 드러눕는다.

등대는 백색 원뿔형. 등대 아닌 등대라 해도 갖출 건 다 갖춘 등대다. 콘크리트 몸통도 그럴싸하고 유리 등롱도 그럴싸하다. 원형 창문은 동서남북 각하나씩 네 짝. 창문 하나는 원형 시계다. 잘 보이도록 사람 다니는 쪽으로 낸 등대 벽시계다. 시간은 정확해 스마트폰 시계와 일이 분 상간이다. 지금 시간은 여섯 시 사십오륙 분. 등대에 귀를 대면 시계바늘 돌아가는 소리가 들리지 싶다. 시계바늘 돌아가는 소리에 나 또한 돌아가는 소리를 내지 싶다.

한여름 긴 해는 지기 직전이다.

해는 APEC하우스 둥근 지붕으로 진다. 지기 직전 해가 잘 익은 홍시처럼 발갛다. 홍시가 얼마나 떨어졌는지 지붕 여기저기 발갛다. 기어이 하나 남은 홍시가 떨어지고 홍시 있던 자리 발갛게 물드는 저녁 무렵. 한여름 해는 길고 길어 저녁 같지도 않건만 해는 이미 일곱 시를 넘어간다. 세상의 시간이 일곱 시를 넘어가고 인간의 시간이 일곱 시를 넘어간다.

등대와 APEC하우스는 비슷하면서 다르다. 둘 다 원뿔형이지만 등대는 위가 좁고 하우스는 위가 넓다. 끝 모르게 올라가면 등대는 뾰족한 바늘이 되어 우주에 닿고 하우스는 넓게 퍼져 우주에 닿는다. 지상의 어느 삶인들 그러지 않으랴. 위로 갈수록 좁아지는 삶도 넓어지는 삶도 그 끝은 우주에 닿는다. 종종 허무하고 종종 바보 같더라도 그 끝이 우주에 닿지 않는 삶은 없다.

수평선 언저리는 파랗다. 해가 지기 직전 파란 바다는 서늘하다. 빛으로 따지면 사람을 얼어붙게 하는 서슬 푸른 눈빛이고 향으로 따지면 난초 이파리 파란 그늘에 스며든 난향이다. 눈빛에 얼어붙고 난향에 빠져든 사람들. 등대 전망대 난간 누구는 시계바늘 분침이 될 듯 우두커니 섰고 누구는 초침이 될 듯 건들건들 섰다. 가만히 귀기울이면 사람도 시계바늘 돌아가는 소리를 낸다.

수평선은 일필휘지다. 단숨에 죽 그은 한 일 자 붓글씨다. 해운대 바다가 다른 바다와 다른 점은 섬. 해운대 바다에는 섬이 하나도 없다. 한 점 걸림 없이 탁 트인 바다가 해운대 바다다. 해운대에 사는 사람은 물론이고 해운대를 찾아온 사람도 그래서 속에 걸림이 없거나 없어진다. 탁 트였거나 트인다. 일 년 365일이 다 가도록 등불 한 번 켜지 않는 누리마루등대를 받아들이는 것도 결국은 해운대 바다 탁 트인 성정이고 해운대에 살거나 찾아온 사람 탁 트인 성정이다.

등불을 깜박이는 등대가 있기는 있다. 받침대가 홍련 연꽃처럼 생겨 연꽃 등대라 불리는 등대. 엄밀히 따지면 암초나 수심이 얕은 곳에 세운 등표다. 해수욕장에서 1km 거리 미포 방향 바다에서 등불을 연이어 두 번 깜박인다. 2005년 '제13차 APEC정상회의'를 기념하고 선박이 암초를 피하도록 세웠다고 백사장 전망대 안내판은 설명한다. 높이는 25m. 25m라 해도 백사장에서 보면 그리 높아 보이지 않는다. 우리 삶도 그렇다. 높지 싶은 삶도 멀찍이 떨어져서 보면 그리 높아 보이지 않는다.

누리마루등대에 가면 멀고 높은 곳만 보지 말자. 발아래도 보자. 등대 왼편 난간 아래를 굽어보면 붓글씨를 각자한 편평한 바위가 보인다. 닳아 흐릿하지만 서각은 또렷하다. 새긴 글씨는 '해운(海雲).' 해운대 그 해운이다. 신라 말 대문호 최치원이 쓴 글씨라고 전해진다고 안내판은 밝힌다. 최치원이 여기 들렀다가 해운대 바다와 구름에 반해 두 글자를 남겼고 그게 지명이 되었다는 얘기다. 해운대 바다와 구름. 등대 아래 서면 누구라도 최치원이 된다. 누구라도 발아래 바위에, 제 마음 바위에 '해운' 두 글자를 새기고 싶어진다.

미포등대

다들 머리 치켜드는 세상…
자신 낮추는 중용의 자세 보이다

기장군

해운대구

수영구

강서구

동구

남구

중구

서구

사하구

미포등대

영도구

가덕도

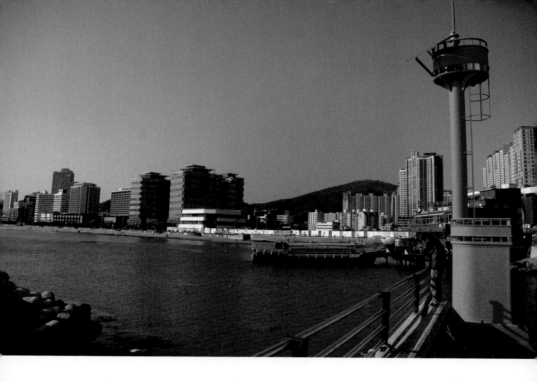

등대는 중용이다. 어느 한쪽에 치우치지 않는다. 늘 켜져 있지도 않고 늘 꺼져 있지도 않다. 늘 켜져 있어도 등대가 아니고 늘 꺼져 있어도 등대가 아니다. 켜짐과 꺼짐 그 중간자가 등대다.

중용은 그러나 적당주의가 아니다. 이래도 좋고 저래도 좋은 게 중용이 아니며 이쪽저쪽 기분을 두루 맞추는 게 중용이 아니다. 그런 처신은 중용이 아니고 굴신이다. 굴신이고 굴심이다. 자신을 낮추되 구부리지 않아야 중용에 가깝다.

중용은 언제 빛나는가. 해야 할 말은 기어이 할 때 빛나고 하지 말아야 할 말은 기어이 하지 않을 때 빛난다. 그럼으로써 말도 빛나고 침묵도 빛난다. 이렇게 말을 바꾸는 것도 가능하겠다. 말은 침묵으로써 빛나고 침묵은 말로써 빛난다고.

등대가 그렇다. 말도 빛나고 침묵도 빛난다. 깜박여야 할 때 깜박이고 깜박이지 않아야 할 때 깜박이지 않기에 등대는 등대다. 그게 대수냐고? 대수다. 적어도 나에겐 그렇다. 결정적인 순간에 입을 다물었던 숱한 나여! 결정적인 순간에 주둥이를 놀렸던 숱한 나여!

미포등대는 어딘지 모르게 초라해 보이는 등대다. 꼬리 미(尾)가 들어간 이름도 그렇고 깡마른 몸집도 그렇다. 다들 머리를 치켜드는 세상에 꼬리를 자처하는 이름에서 자신을 낮추는 중용의 일단을 엿본다. 깡마른 몸집은 몇 끼굶기를 예사로 하는 고행의 수도승이다. 세상 고뇌를 혼자 짊어진 선지자다.

미포등대는 6초에 두 번 깜박인다. 깜박이는 순간도 짧고 깜박이지 않는 순간도 짧다. 그렇지만 그 짧은 순간마다 전력을 다해 깜박이고 전력을 다해 깜박이지 않는다. 등대가 깜박이면 수평선 방향에서 연꽃 등표가 깜박이고 오륙도등대가 깜박인다. 모두 전력을 다해 깜박이고 전력을 다해 깜박이지 않는다.

등대 정식 명칭은 미포항방파제등대. 방파제는 하나이고 포구 왼편에 있어서 붉은 등대고 홍등이다. 첫 점등일은 1999년 10월 28일이다. 등대가 낯익다. 고리원자력발전소 가까운 길천등대와 생김새 재질 색깔이 똑같다. 6초에 두 번 깜박이는 것도 같다. 일란성 쌍둥이다. 쌍둥이가 산모퉁이 돌아 기장 바다에 있다는 걸 알려줘야 하나 말아야 하나.

산은 와우산. 소가 누운 형상이라서 와우(臥牛)다. 소는 누워서 달맞이언덕을 품고 문탠로드를 품는다. 문탠로드가 무슨 뜻이냔 질문을 곧잘 받는다. 선탠이 햇빛에 몸을 태우는 거라면 문탠은 달빛에 마음을 태우는 것! 그렇게 능친다.

미포는 소꼬리 포구. 누운 소 꼬리께가 여기 미포항이다. 해운대해수욕장에서 동백섬 반대 방향으로 가면 유람선 선착장이 나오고 선착장에서 보면

포구와 방파제와 등대가 한눈에 잡힌다. 영화 해운대 주무대가 미포고 설경구 하지원 그다음 주연이 미포등대다. 미포어촌계 공동활어판매장에서 우회전하면 등대가 나온다.

"고생은 돼도 내외가 하면 괜찮지요."

　등을 구부정히 구부린 어부가 통발 그물코를 깁는다. 올해 쉰. 아직 장가를 못 갔다. 놀기 좋아해서 못 갔고 여자에게 취미가 없어서 못 갔다. 아버지 따라 11살 때부터 고기잡이했으니 40년 베테랑 어부다. 통발에 넣어두는 먹이는 정어리. 문어와 장어가 든다. 새벽 두 시 반이면 집에서 나와 세 시면 출항한다. 앞바다에서 두어 시간 조업하고 돌아오면 그제야 먼동이 튼다. 부부가 같이 작업하면 통발을 5백 정도 놓고 자기처럼 혼자 하면 2백밖에 못 놓는데 5백이면 수입이 괜찮다고 자평한다.
　포구에 정박한 배는 대개가 연안어선이다. 멀리 나가지 않고 가까운 바다 당일치기 고깃배가 포구를 메운다. 일이 톤 통발어선이며 사오 톤짜리 자망어선이 보인다. 자망은 물고기가 그물코에 걸려서 잡히도록 하는 그물. 배는 반신욕 중이다. 수면에 상반신을 드러낸 갈매기처럼 배 아래를 푹 담그고 있다. 몸이 굳은 건지 때가 많은 건지 탕을 나갈 생각을 하지 않는다. 저렇게 새벽 두세 시까지 갈 모양이다.

"풍랑주의보만 안 불면 매일 열려요."

　미포 회타운 건물 모퉁이. 수건을 둘러�쓴 두 할머니가 해바라기 중이다. 새벽에 배가 들어오면 활어를 받아서 횟감으로 파는 할머니다. 모퉁이 공

터는 새벽 장터. 풍랑주의보만 안 불면 새벽 5시 반부터 오전 11시까지 장이 선다. 순전히 자연산 어물전이다. 한 접시 2만 원 안팎이다. 말만 잘하면 그 아래도 가능하다. 초장값은 따로다. 낮술에 취하면 눈에 보이는 게 없다지만 새벽 술에 취하면 더 그렇다. 떠오르는 해에다 대고 삿대질을 해댄다.

유람선 선착장 동백88호는 출항하기 직전이다. 갓난아기를 안은 젊은 부부가 뱃전에서 새우깡을 내밀자 갈매기가 떼거리로 몰려든다. 몰려들어선 내미는 먹이를 넙죽넙죽 잘도 받아먹는다. 수면으로 떨어지는 먹이를 낚아채는 재주가 정일품이다. 주는 걸 받아먹다가 버릇되면 살아가기 힘들 텐데 싶다가도 거둬들인다. 저것 또한 저들의 생존방식이고 저들의 재주다.

동백88호가 후진한다. 뱃머리를 우측으로 트는가 싶더니 오륙도 쪽으로 냅뜬다. 여기서 오륙도까지는 왕복 1시간. 요금이 좀 세다. 유람선 후미 태극기가 펄럭이고 뒤좇는 갈매기 날개가 펄럭인다. 유람선이 일으키는 물살 너머로 해수욕장이 보인다. 백사장 모래에 파묻어 놓곤 찾지 못한 기억들. 찾지 못하고 까먹은 젊은 날 기억들. 미포등대 아래에 서면 태극기가 펄럭이듯 갈매기 날개가 펄럭이듯 젊은 날 기억이 펄럭인다.

동백섬 너머는 고층 아파트. 내 아는 사람 몇이 저기 산다. 한번 놀러 오라는 인사를 진작 받았는데 아직 가 보진 못했다. 낮엔 위압적이지만 어둠이 깊을수록 아파트 불빛은 깊어진다. 저 불빛인들 시가 되지 않으랴. 켜진 시간이 길고 꺼진 시간이 길어서 그렇지 늘 켜져 있지도 않고 늘 꺼져 있지도 않은 아파트 불빛. 등불이라면 등불이겠다. 저기선 여기 등대가 어떻게 보이는지 한번 놀러 가 봐야겠다.

청사포등대

청색 홍색 천 두르고
불 밝힌 청사초롱 등대

기장군

해운대구

수영구

강서구

동구

중구

남구

서구

사하구

영도구

가덕도

청사포등대

최근에 그런 적 있는가. 사랑으로 아파한 적. 사랑은 이중적이다. 그리고 중독성이 있다. 아파할 줄 뻔히 알면서도 빠져드는 게 사랑이다. 최근에 사랑으로 아파한 적이 있는가. 그렇다면 당신은 행복한 사람이다. 사랑을 해보지 않은 사람보다 백 배는 천 배는 행복한 사람이 당신이다.

　등대 불빛은 바다를 꼬집는 불빛. 어떤 등대는 한 손으로 꼬집고 어떤 등대는 양손으로 꼬집는다. 한 번만 꼬집는 등대가 있고 두 번 세 번 달아서 꼬집는 등대가 있다. 꼬집힌 자리 또 꼬집혀 바다는 멍든다. 멍들어 시퍼렇다.

　등대는 바다가 밉다. 미워서 꼬집고 자기 진정을 알아달라고 꼬집는다. 언제나 같이 있으면서 언제나 떨어져 지내는 등대와 바다. 등대는 바다가 미워서 꼬집고 바다는 꼬집힌 자리 또 꼬집혀서 '아야 아야' 앓는 소리를 낸다.

철썩철썩 앓는 소리를 낸다. 소리조차 멍들어 시퍼렇다.

청사포등대는 양손으로 꼬집는 등대. 그나마 한꺼번에 꼬집지 않아 다행이다. 한 손으로 꼬집은 다음 다른 손으로 꼬집는다. 두 번 세 번 달아서 꼬집지 않고 한 번만 꼬집는 것도 다행이라면 다행이다. 불빛이 꼬집을 때마다 바다는 사색이다. 푸르죽죽하고 불그죽죽하다. 청색 홍색 천을 두르고 불 밝힌 청사초롱이 저럴까.

청사포등대는 끝이 뾰족한 첨탑이다. 성당에 온 듯 마음이 경건하다. 창문도 뾰족해 삼각형이다. 저것들에 찔리지 않으려면 얼마나 경건하게 살아야 하나. 콘크리트 등탑 표면은 매끈하지 않고 쭈글쭈글하다. 왕년의 미국 배우 누구처럼 그게 오히려 멋져 보이고, 있어 보인다. 커튼 잔주름 같고 청사초롱 잔주름 같다.

청사포등대도 송정등대처럼 민락등대처럼 쌍둥이 등대다. 뭍에서 보면 오른쪽이 흰 등대고 왼쪽이 붉은 등대다. 명칭은 청사포어항남방파제등대, 청사포어항북방파제등대. 등대가 비추는 불빛은 각각 녹등 홍등. 5초에 한 번 깜박인다. 녹등이 꺼지면 홍등이 켜지고 홍등이 꺼지면 녹등이 켜진다. 해상 등대는 세 번을 달아서 깜박인다. 암초에 세운 등 기둥, 등주다.

등대가 두 군데인 만큼 방파제도 두 군데. 붉은 등대 방파제는 1959년 사라호 태풍으로 이 일대가 뒤집힌 다음 세운 방파제다. 흰 등대 방파제는 2003년 태풍 매미로 뒤집힌 다음. 붉은 등대 가는 길에 해녀들 휴식 공간이 있다. 평상을 놔두고 해산물을 판다.

등대가 외롭긴 외로운 모양이다. 불빛이 나만 따라다닌다. 이 등대에서 저 등대로 가면 불빛도 이 등대에서 저 등대로 따라온다. 질투도 심하다. 흰 등대에 가 있으면 붉은 등대 불빛이 꼬집으려 덤벼들고 붉은 등대에 가

누가 저런 불을 지폈을까
알아서 켜지는 불
당신이 오면
내 안의 불
알아서 켜지리
아무리 젖어도
절대로 꺼지지 않으리
누가 저런 불을 지폈을까
알아서 꺼지는 불
당신이 떠나면
내 안의 불
알아서 꺼지리
아무리 불붙여도
절대로 켜지지 않으리

당신이여 오라
젖어도 꺼지지 않는
청사초롱
저 불을 따라서 오라

- 동길산 시 '청사포등대'

있으면 흰 등대 불빛이 꼬집으려 덤벼든다.

꼬집힐까 겁나긴 해도 흐뭇하다. 뿌듯하다. 사랑받는 느낌이다. 나는 안다. 모르는 사람끼린 엔간해선 꼬집지 않는다. 알기에 사랑하기에 꼬집는다. 불빛이 들어오자 등대 꼭대기 유리창 안이 환하다. 난롯불을 켜자 환해진 실내 같다. 저 불에 손을 쬐고 싶다. 마음을 쬐고 싶다. 누가 저기에 불을 지폈을까. 불을 지펴 언 손, 언 마음을 쬐게 했을까.

'넌 내가 선택한 사람. 넌 나를 좋아할 사람.'
'엄마 사랑해! 범수 사랑해!'

누구라도 저런 날 있었으리. 누구라도 저런 날 있으리. 마음이 꼬집혀 사람들은 등대에 글을 남기고 그 글이 다시 등대를 꼬집는다. 바다는 잔잔하다. 바다가 잔잔하니 소리도 잔잔하다. 꼬집혀서 아플망정 아픈 소리를 내지 않고 아픈 티를 내지 않고 꾹 참는다. 바다도 안다. 등대가 자기를 사랑한다는 걸.

청사포 밤바다에 비친 불빛은 하나같이 외롭다. 외로워서 사람을 따라다닌다. 등대가 그렇고 가로등이 그렇고 가게 간판이 그렇다. 청사포 밤바다에 가 보라. 그대가 어디로 가건 불빛이 그대를 따라가리라. 바다가 내는 소리도 그렇다. 외로워서 그대만 따라다닌다. 그대가 멈추면 소리도 멈추고 그대가 움직이면 소리도 움직인다.

"한치나 오징어는 뒤바꾸가 안 돼요."

누군가가 랜턴으로 바닷가를 비춘다. 물이 빠져서 갯바위가 여기저기 드

러난 모래펄이다. 낚시꾼인가 했더니 장어도 팔고 조개도 파는 가게 안주
인이다. 단골이라 안면이 있다. 밀물 따라 들어왔다 빠져나가지 못해 버둥
대는 한치나 오징어가 있는지 비추는 중이란다. 그것들은 뒤로 헤엄치지
못해 물이 들어와야 빠져나간단다. 얼마 전 '이따만 한' 것을 스무 마리나
잡았다며 팔뚝을 들어 보인다.

　최근에 그런 적 있는가. 사랑에 빠져들어 버둥댄 적이 있는가. 한치나 오
징어처럼 어쩌면 사랑도 '뒤바꾸'가 되지 않는 것. 앞만 바라보고 가는 것.
사랑에 빠져들면 아프지만 어찌 아프기만 하랴. 꼬집히고 꼬집혀 멍든 마
음이 어찌 시퍼렇기만 하랴.

청사포 다릿돌전망대 해상등대

징검다리처럼 놓인 암초 다섯
바다 건너 상상의 세계로 이끌다

기장군

해운대구

수영구

강서구

동구

중구 남구

서구

사하구

가덕도

영도구

해상등대

청사포
다리돌 전망대

"청사포 다릿돌전망대는 어떻습니까?

2007년 6월인가 7월이었다. 해운대구청이 청사포에 해상전망대를 지으면
서 명칭을 전국 공모했다. 700건 넘게 응모했다. 이를 대상으로 구청 직원
1차 투표, 전문가 추천 최종 선정의 방식을 취했다. 전문가는 나를 포함해
3명이었다. 나는 마음에 드는 이름이 없어 추천하지 않았다. 다른 전문가가
추천한 명칭 둘을 결재에 올렸지만 구청장이 반려했다. 다시 전문가 회의가
열렸다. 내 의견을 물었다. '청사포 다릿돌전망대'를 건의했다.

다릿돌은 순우리말. 개울을 건너려고 띄엄띄엄 놓은 돌이 다릿돌이다. 징

검다리를 생각하면 되겠다. 청사포 다릿돌은 해운대구 청사포 앞바다에 가지런히 늘어선 암초가 징검다리 같다고 해서 오래 산 토박이들이 붙인 이름이다. 언젠가 청사포 해녀를 취재하면서 이런 이야기를 들었다. 여기 토박이에게 청사포와 다릿돌은 동격이다. 출향인이 고향 청사포를 그리워할 때 떠올리는 것 중의 하나가 다릿돌이다.

청사포는 해운대구 한적한 포구다. 세계적인 관광도시 해운대에 이런 곳이 있나 싶을 정도로 한적하다. 오죽 한적했으면 대중교통은 마을버스뿐이다. 그것도 2020년대 들어 증차해 둘이 되었고 그 이전엔 2번 하나만 다녔다. 해운대 스펀지 근처에서 출발하는 2번 종점이 청사포다. 한적한 게 낯설어 갈매기가 왔다간 되돌아가고 파도가 왔다간 되돌아간다. 갈매기는 되돌아가고 갈매기 소리가 스며든 포구, 파도는 되돌아가고 파도 소리가 스며든 포구, 거기가 푸른 뱀의 전설이 도사린 청사포다.

청사포는 기찻길 포구. 해운대 미포에서 송정해수욕장 사이 동해남부선 기찻길과 맞닿는다. 기찻길은 다른 데로 옮겨가고 지금은 관광이 목적인 단거리 해변열차와 공중에서 오가는 스카이캡슐이 다닌다. 기찻길 그 시절은 기차가 길었지만 지금은 사람의 행렬이 길다. 어떤 날은 기차보다 길다. 기차보다 길어서 이리 구불대고 저리 구불대며 칙칙폭폭 칙칙폭폭 기찻길을 따라간다.

청사포 다릿돌전망대는 짓궂다. 기찻길에서 바다로 난 전망대는 기차보다 긴 사람의 행렬을 순식간에 흐트러뜨린다. 전망대에만 이르면 사람들은 기찻길을 벗어나 행렬이 일그러진다. 전망대 풍광에 반해 한 사람이 벗어나면 옆 사람이 덩달아 벗어난다. 전망대 풍광에 혹해 앞사람이 벗어나면 뒷사람이 덩달아 벗어난다. 딴에는 한 이름 하는 동해남부선 기찻길이지만 다릿돌전망대 때문에 체면이 영 말씀이 아니다.

내가 선 곳은 청사포 다릿돌전망대. 전망대답게 탁 트인 시야가 시원시원하다. 청사포 바다가 한눈에 들어온다. 바로 앞은 가지런히 늘어선 다릿돌. 맨 끝 다릿돌에 세운 해상 등대는 앙증맞다. 앙증맞아서 안아 주고 싶다. 등대 너머 저 멀리는 수평선. 전망대에서 수평선까지는 손바닥 한 뼘 거리다. 손가락 끝마디에 수평선이 걸린다. 수평선 너머는 대마도다.

다릿돌은 모두 다섯. 물이 들면 올망졸망 보여도 물이 빠지면 삐쭉삐쭉 제법 위엄이 서렸다. 갈매기 흰 똥이 덮여 하얗게 보이는 다릿돌은 울릉도나 먼 이국에 온 것 같은 감회에 젖도록 한다. 전망대에 서면 누구라도 다섯 다릿돌을 성큼성큼 밟고서 바다를 건너고 싶어진다. 바다 건너 미지의 세계, 상상의 세계로 나아가고 싶어진다.

"전복 멍게 소라 성게 해삼, 없는 게 없어요. 돌미역도 나오고요."

청사포 해녀는 마흔둘. 작업 구역을 둘로 나눠 청사포에서 해운대 방향으로 물질하거나 청사포에서 송정 방향으로 물질한다. 연령대는 예순 초반에서 일흔일곱까지다. 전복, 멍게 등등 없는 게 없는 다릿돌은 물살이 세어서 노련한 달인 해녀 열 명 정도만 물질한다고 청사포 장기읍 어촌계장은 귀띔한다. 다릿돌 일대는 물살이 빠르고 물이 맑으며 수심이 깊다. 덕분에 해산물이 쫀득쫀득하고 뒷맛이 오래 남는다. 내 아들 내 딸 먹이고 싶지 남한테 팔기 아깝다.

물질은 해녀 작업을 말한다. 물질 시간은 물때 따라 다르고 날씨 따라 다르다. 운이 좋으면 다릿돌전망대에서 해녀 물질하는 걸 구경하기도 한다. 잠수했다가 "희유! 희유!" 가쁜 숨을 몰아쉬며 떠오르는 해녀를 보면 마음이 애잔하다. 엄마 같고 이모 같은 분이기에 따끈한 믹스커피라도 한잔 건네려는 마음이 저절로 생긴다.

　　"다릿돌마다 이름이 있으면 좋겠네요."

　언론인 박병곤 선생은 해운대초등학교를 나온 해운대 토박이. 부산일보 사회부장과 편집국장, 논설위원, 주필을 지냈다. 오륙도 다섯 섬 여섯 섬도 섬마다 이름이 있으니 청사포 다섯 다릿돌도 다릿돌마다 이름을 짓든지 의미를 붙이면 좋지 않겠느냐는 얘기다. 토박이 지극한 애정이 물씬 느껴지는 제안이다.

　맞는 말이다. 세상에 이름 없는 게 어디 있을까. 백 년을 살까 말까 한 사람도 이름이 다 있는데 수백 년 수천 년을 이어 왔고 이어 갈 다섯 다릿돌에 이름이 없다는 건 도리가 아니고 예의가 아니다. 하지만 백 년을 살까 말까 그러는 사람의 작명에도 이 궁리 저 궁리 공을 들이듯 수백 년 수천 년 다릿돌 작명을 허투루 할 수는 없는 노릇. 신중에 신중을 기해야 하고 중지에 중지를 모아야 한다. 그게 도리고 그게 예의다.

　대신에 의미 부여는 가능하겠다. 청사포 다릿돌은 동해 첫 햇살의 기운이 스미는 신생의 다릿돌이다. 해녀들 강인한 삶의 현장인 역동의 다릿돌이며 남 주기 아까운 해산물이 꿈틀대는 생명의 다릿돌이다. 그 생명이 개체를 늘려 사방팔방 퍼지는 풍요의 다릿돌이며 무엇보다 다음 세대, 그다음 세대로 면면히 이어지는 미래 희망의 다릿돌이다.

　사람은 누구나 이루지 못한 소원이 있고 이루고 싶은 소원이 있다. 다릿돌 전망대에 서서 그 소원을 들릴 듯 말 듯 되뇌면 어떨까. 신생의 다릿돌, 역동의 다릿돌, 생명의 다릿돌, 풍요의 다릿돌, 희망의 다릿돌 하나하나와 눈을 맞추며 마음을 맞추며 짝 만나게 해달라고, 건강하게 해달라고, 오늘보

다 나은 내일이게 해달라고 들릴 듯 말 듯 진정으로 소원해 보는 건 어떨까.

다릿돌전망대에선 등대도 눈길을 끈다. 맨 끝 다릿돌 해상등대는 등대 사촌쯤 되는 등표. 차가 다니는 도로에 도로표지가 있듯 배가 다니는 항로엔 항로표지가 있다. 도로표지가 수십 종이듯 항로표지도 수십 종이다. 사십 종에 이른다. 등대며 등표, 등주, 등부표, 입표, 부표, 도등, 교량등 이런 것들이 다 항로표지다. 항로표지는 그게 그것 같아도 그게 그거인 항로표지는 하나도 없다.

등대건 등표건 항로표지는 저마다 고유한 언어가 있다. 그들은 등불로 색깔로 소리로 또는 다른 무엇으로 속에 있는 말을 한다. 그들이 하는 말은 한 마디 한 마디 간절하다. 우리가 알아듣지 못해서 그렇지 한 마디 한 마디 우리가 무사하기를 바라고 우리를 배려하는 말이다. 사람도 그렇다. 너는 나에게 간절하게 말하는데 정작 나는 그 말을 알아듣지 못하는 경우는 얼마나 많은가.

청사포 다릿돌 등대는 색깔이 이채롭다. 색동저고리 같다. 몸통에 해당하는 등탑을 삼등분해 가운데가 노랗고 아래위 양쪽이 검다. 색깔 또한 등대의 언어다. 무슨 뜻일까. 이 근처를 지나는 배는 동쪽으로 가란 의미다. 반대로 갔다간 암초에 부딪든 해서 사달이 난다. 동쪽을 가리키는 등표가 있으면 서쪽을 가리키는 등표도 있을 터. 서쪽 등표는 가운데가 검고 위아래 양쪽이 노랗다.

남쪽을 가리키는 등대, 북쪽을 가리키는 등대도 물론 있다. 등탑을 이등분해 아래가 검고 위가 노라면 남쪽, 그 반대면 북쪽이다. 동백섬 앞바다 등대가 남쪽을 가리키는 등표다. 위는 노랗고 아래는 검다. 사람의 생애에도 동서남북 이정표 같은 등대가 있으면 좀 좋을까. 생의 굴곡마다 가도 되는 길과 가선 안 되는 길을 가리키는 등대가 있으면 사람의 생애는 덜 아프고 덜 외로울 텐데….

다릿돌전망대 오른쪽은 방파제. 방파제 끝자락에 등대가 있다. 방파제가 둘이라서 등대도 둘이다. 하나는 붉고 하나는 희다. 붉은색, 흰색도 등대 고유한 언어다. 배가 가는 방향을 좌우로 나타낸다. 들어오는 등대는 붉은 등대에 붙어서 들어오고 나가는 배는 흰 등대에 붙어서 나간다. 항로표지 90%는 배의 진행 방향을 동서남북, 또는 좌우로 알린다. 나머지 10%는 암초가 있다든지 공사 중, 안전수역 등을 알린다. 사람이 지키는 유인등대는 오랜날 망망대해를 운항한 배에게 육지가 가까웠음을 알리는 축복의 등불이다.

'동서남북 일정지위야 전후좌우 무정지위야.'

살면서 어찌 좋은 날만 있으랴. 답답하고 쓰릴 때 툭 트인 바다는 위안을 준다. 마음을 트이게 하고 멀리 보게 한다. 등대 역시 그렇다. 어디에서 정박해야 할지 일러주고 어디로 가야 할지 일러준다. 400년 전 중국 지식인 장조(張潮 1650~?)는 그것을 '동서남북'으로 시작하는 짧은 글에 담았다. 한자로는 東西南北 一定之位也 前後左右 無定之位也다.

동서남북은 방향이 정해져 있지만 전후좌우는 정해진 방향이 없다! 몸을 돌려세우면 조금 전까지 전이던 게 후가 되고 좌이던 게 우가 된다. 그렇지 않은가. 답답하고 쓰릴 때 몸을 돌려세우듯 마음을 돌려세워 보라고 일러주는 게 등대다. 등대가 진정으로 우리에게 들려주고 싶은 말이다.

청사포는 수평선도 백문이 불여일견이다. 곡선미의 극치다. 지구가 둥그니 수평선은 둥글어야 하지만 부산 바다에서 둥근 수평선은 드물다. 대개는 직선으로 보인다. 그런 면에서 청사포 수평선은 문화재급이다. 다릿돌전망대에서 수평선을 오래오래 보노라면 마음이 수평선을 닮아 가는 걸 느낀다.

수평선은 변함없는 것의 가치에 대해서 생각하게 한다. 지구가 생긴 이래 변하지 않은 것이라곤 없지만 수평선은 처음 그대로다. 하루가 다르게 변하는 세상에서 변하지 않는 것은 참 귀하다. 가치도 그렇다. 변함없는 친구가 소중하듯 변함없는 가치는 소중하다. 다릿돌전망대에서 보는 수평선은 눈앞의 이익에 마음이 흔들리고 가치관이 흔들리는 나를 다잡는 매운 죽비다.

수평선은 진정한 공존이 어떠해야 하는지도 보여준다. 흐린 날 수평선은 먹구름을 한가득 이게 마련이다. 먹구름은 아무리 두꺼워도 수평선을 짓누르지 않고 수평선은 먹구름 아무리 두꺼워도 선이 처지지 않는다. 힘으로 짓누르지 않고 힘에 주눅들지 않는 진정한 공존의 한 전형이 수평선과 먹구름이다. 지혜의 수평선과 지혜의 먹구름을 보는 곳, 거기가 다릿돌전망대다.

다릿돌과 해녀와 등대와 수평선을 품은 청사포는 한적하다. 한적해서 포구의 원형을 오롯이 간직한다. 전망대 뒤편 야산은 구석기 유적지다. 까마득한 옛날, 부산 사람이 살던 터다. 그러므로 청사포는 포구의 원형이자 부산의 원형이다. 포구의 원형이자 부산의 원형에 들어선 청사포 다릿돌전망대. 한국에서 하나뿐이고 세계에서도 하나뿐일지 모를 다릿돌전망대는 삶에 지쳐 처음으로 돌아가고 싶은 이를 다독이고 위무하며 오늘보다 나은 내일로 나아가게 하는 해운대 눈부신 비경이다. 한 번 가면 또 가게 되는 눈부신 절경이다.

다섯 다릿돌 하나하나에 이름 있어

안돌·거무섬·넙떡돌·상자·서구돌

제보 전화가 왔다. 청사포 다릿돌전망대 기사가 한 면 가득 실린 <해운대신문> 2007년 8월호가 배부되고 나서였다. 기사에는 해안에서 해상등대까지 늘어선 다섯 다릿돌에 이름을 지어 주면 좋겠다는 대목이 있었다. 전화는 해운대구 중2동 조숙희 통장이 걸었다. 청사포 바닷가 통장이다. 다릿돌전망대 기사를 쓰려고 현지에서 취재할 때 명함을 건넸다.

'안돌, 거무섬, 넙떡돌….' 이름을 듣는 순간 마음이 퐁당퐁당 일었다. 다릿돌마다 이름이 있어서 반가웠고 토속적이고 순박해서 반가웠다. 전화로 듣기 아까워 찾아가기로 했다. 마을버스 종점 '청사포마켓'으로 갔다. 해녀가 직접 잡은 자연산 해산물을 파는 매장이다. 조 통장을 비롯해 당시 장기읍 어촌계장, 이신자 부녀회장 겸 해녀회장, 그

리고 일흔이 넘은 토박이 두 분을 만났다.

　자리에 앉자 조 통장이 메모지를 꺼냈다. 토박이가 불러
줘 적었다는 다섯 다릿돌 이름이 거기 있었다. 어촌계장
은 하나하나 짚으면서 설명했다. 해안부터 수평선 방향으
로 안돌, 거무섬, 넙떡돌, 상자, 서구돌. 안돌은 가장 안쪽
에 있어서, 넙떡돌은 넓적하다고, 거무섬과 상자, 서구돌
은 어릴 때부터 이름은 들었지만 내력은 모른다고 했다.

　어촌계장 그때 나이 예순아홉. 청사포 토박이다. 다릿돌
이름 내력은 어렴풋해도 다릿돌 모습은 훤하게 꿰뚫는다.
거무섬은 청사포 다릿돌 가운데 제일 높고 뾰족하다. 일제
강점기 일본인이 시멘트를 바르고 흰 페인트로 표시했다.
가무잡잡해 눈에 잘 뜨이지 않는 암초라서 사고를 방지하
려고 그렇게 했나 싶다. 시멘트 구조물은 몇 해 전 태풍으
로 떨어져 나갔다.

　상자는 안상자와 밖상자가 있다. 둘을 합쳐 상자라 부른
다. 서구돌은 등대가 들어선 다릿돌이다. 등대 들어서기
전에는 배가 여러 번 다릿돌을 들이박았다. 등대에 눌려
상자 다릿돌은 잘 보이지 않는다. 서구돌은 석유와 발음이
비슷하다. 석유에 얽힌 이야기가 있으니 석유돌이 서구돌
로 바뀐 게 아닐까 추측하지만 자신은 없다.

　　"어느 어촌이든 암초는 이름이 다 있어요. 물 아
　래 보이지 않는 돌에도 이름이 있으니까요."

장기읍 어촌계장 말이 몽돌처럼 보드랍게 그러면서 단
단하게 들린다. 평생을 몸담고 사는 향토에 대한 애정이
랄지 자부심 같은 게 읽힌다. 청사포에서 배를 타고 2km
넘게 나가면 물 아래 잠긴 솔내기 된돌, 송정 등대가 들
어선 암초인 간지이돌 등등 들려주는 돌 이름마다 갯내
가 물씬 난다.

　청사포 다릿돌전망대에서 다섯 다릿돌을 바라본다. 제
이름을 불러줘 기분이 좋은지 다릿돌마다 파도가 넘실넘
실 춤춘다. 너울너울 춤춘다.

송정등대

상대를 가리지 않고 배려하며
상대를 가리지 않고 분명하게 말하는

기장군

해운대구

수영구

강서구

동구

남구

중구

서구

사하구

가덕도

영도구

송정등대

송정방파제 등대는
두 그루 해송
소나무 향내가 난다
송진이 묻은 듯
만져보면 끈적거린다
방파제 끝에 서서 심호흡하면
절반은 갯내가
절반은 솔내가
내 안에 해송을 키운다
소나무 가지 닮은 빛줄기
밤바다에 늘어뜨리고
나이테가 동해
막 뜨는 해를 닮아가는
송정등대 두 그루

- 동길산 시 '송정등대'

등대는 소통이다. 등대 존재감은 소통에 있다. 등대의 언어는 그래서 소통
의 언어다. 소통을 전제로 한 언어는 대체로 상대를 배려한다. 그리고 분명
하다. 이중적이지 않다. 생각해 보라. 상대보다 나를 먼저 배려한다든지 겉
말 다르고 속뜻 다르면서 어떻게 소통을 끌어낼 것인가. 배는 등대의 배려

로 나아갈 길을 찾고 등대의 분명하고 단호한 어조를 통해 두려움 없이 망설임 없이 앞으로 나아간다.

등대의 언어는 크게 다섯 가지. 빛과 색과 형상과 소리와 전파다. 배는 이 다섯 가지 등대의 언어를 숙지해 어느 쪽으로 갈지 방향을 정한다. 사람마다 나름의 어투가 있고 나름의 억양이 있듯 등대 또한 나름의 어투가 있고 나름의 억양이 있다. 등대를 모르는 사람은 몰라도 등대를 아는 사람은 그 어투 그 억양으로 어디에 있는 등대인지 알아채고 등대가 무슨 말을 하는지 알아챈다.

송정등대는 쌍둥이다. 흰 등대와 붉은 등대가 양쪽 방파제 끝에서 마주본다. 1999년 세워져 연륜은 짧지만 원통형 몸매가 우람한 게 마을 보호수 같다. 등대 한가운데를 싹둑 베면 나이테가 층층이 둘러쳐졌을 것 같다. 뭍에서 보면 흰 등대는 오른쪽에 있고 붉은 등대는 왼쪽에 있다. 해운대 3포 하나인 청사포에 가도 그렇다. 오른쪽 등대는 희고 왼쪽 등대는 붉다. 송정이나 청사포뿐 아니라 어딜 가도 그렇다. 왜 그럴까.

희고 붉은 색 역시 등대의 언어다. 상대를 배려하고 분명하기에 색깔 역시 잘 뜨이고 분명해서 희고 붉다. 배도 자동차처럼 우측으로 통행한다. 그래야 정면충돌을 피한다. 바다로 나가는 배는 뭍의 오른쪽 흰 등대를 보며 나가고 들어오는 배는 바다의 오른쪽 붉은 등대를 보며 들어온다. 1년 365일 그 자리 그저 있는 것 같아도 등대는 어느 하루 어느 촌각도 허투루 보내지 않는다. 끊임없이 교신하며 끊임없이 교감을 이뤄낸다. 등대는 소통이다.

"여긴 되게 따뜻하네." 이십 대 초중반 두 아가씨가 발을 동동 구른다. 엄동 추위에 몸이 얼어붙은 낌새다. 등대 테라스로 이어지는 시멘트 계단을 한달음에 올라와선 햇살 잘 드는 자리에서 멈춘다. 시멘트 계단은 딱 열 계단. 테라스엔 난간이 있고 나무 돌듯이 등대를 돌 수 있다. 등대는 낙서투성이. 1년 뒤에 다시 오자는 언약이 보이고 이 글 보면 연락해 달라는 애타는 호소가 보인다. 소금기가 묻어 하나같이 끈적대는 언약이고 하나같이 끈적대는 호소다.

등대는 일자형 원통. 몸매가 푸근한 이웃집 아저씨고 이웃집 아주머니다. 꼭대기에 피뢰침이니 태양열 충전기니 전등이 달렸다. 전등은 5초에 한 번 깜박인다. 등 색깔은 녹등과 홍등. 흰 등대에선 녹등이 켜지고 붉은 등대에 선 홍등이 켜진다. 여기 뱃사람들은 흰 등대, 붉은 등대라 부르지 않고 녹등, 홍등이라 부른다. 해도엔 FlG5s, FlR5s로 나와 있다. Fl은 플래시 약자. G 는 녹색, R은 붉은 색. 다른 숫자 없이 5s만 있으면 5초에 한 번이란 표시다.

흰 등대 정식명칭은 송정항 서방파제 등대. 붉은 등대는 동방파제 등대다. 송정항은 어딜까. 송정해수욕장 동쪽에 죽도공원이 있고 공원 옆으로 돌아 가면 송정항이다. 명칭에선 규모가 크고 번잡한 항구를 연상시키지만 실제 론 소박하고 한적한 포구다. 1t과 2t 사이 고만고만한 배들이 살갑다. 송정 은 소나무가 있고 정자가 있음을 짐작게 하는 지명. 죽도공원 입구에 세운 표지석은 일종의 안내판. 송정이 왜 송정인지 알려준다.

'경주 노 씨의 선조가 백사장이 내려다보이고 해송림이 울창한 언 덕에 정자를 지은 데서 연유한다고 한다.'

등대에서 내려다보면 송정포구는 호수 같다. 방파제에 둘러싸여 잔잔하 다. 송정천에서 떠밀려온 낙엽이 떠다니고 물새들도 낙엽인 양 그 사이로 떠 다닌다. 들리는 소리라곤 밀려온 파도가 더이상 갈 데 없어 방파제를 두드리 며 투정 부리는 소리. 기장 방향 포장도로를 씽씽 내달리는 차들이 내는 소 리는 파도 투정 부리는 소리에 기가 죽어 등대 근처론 얼씬도 하지 않는다.

배가 들어오면 물새가 끼룩끼룩 눈알을 부라리며 날아오른다.

"3천 5백!" 막 들어온 배는 1.29t 연안통발 어선. 뱃전엔 통발이 그득하다. 창 달린 방한모자를 눌러쓰고 발끝에서 가슴까지 올라오는 물옷을 입은 노부부가 선장이고 선원이다. 배에 실린 계량기로 잰 문어 무게가 3.5kg이 나왔다며 선원 할머니가 선장 할아버지에게 큰소리로 알려준다. 소리가 나직하면 잘 들리지 않는 게 바다다. 지금은 오후고 아침에 잡은 문어는 10킬로.

그물망을 들어 보인다. 고동이 담긴 그물망도 보인다. 제사에 쓰는 밀고동이란다. 요즘은 물이 너무 차가워 고기는 잘 안 잡힌다고 푸념이다.

조업구역에 따라 바다는 3가지로 나뉜다. 육지와 가장 가까운 연안, 그다음이 근해, 가장 먼 바다가 원양이다. 육지에서 멀수록 배가 커지고 조업 기간은 길어진다. 그러나 등대의 언어는 배의 크기에 연연하지 않는다. 상대를 가리지 않고 배려하며 상대를 가리지 않고 분명하게 말한다. 쉬운 듯 보여도 결코 쉽달 수 없는 처신이다. 한 해가 시작하는 무렵이면 등대를 마음 안에 들여다 놓으면 어떨까. 마음 안에 들여다 놓고 이 한 해, 등대를 닮아가자고 작심하면 어떨까.

이동등대

마음을 감추고 사는 사람은 좀 많은가
마음을 감출 도리밖에 없는 사람은 좀 많은가

나를 되돌아본다. 참 많은 약속을 하며 여기까지 왔다. 나를 오늘 여기까지 끌고 온 건 약속의 힘. 남과 한 약속을 지키느라 나와 한 약속을 지키느라 나는 조금씩 커 왔다. 어찌 지킨 약속만 있으랴. 일일이 기록하지 않아서 그렇지 일일이 기억하지 못해서 그렇지 지키지 못한 약속이 지킨 약속 몇 곱절은 되리라.

　지키지 못한 약속은 바늘이다. 뾰족해져선 시간이 지나도 나를 콕콕 찌른다. 외상값을 갚지 않고서 졸업한 학교 앞 술집 두 군데는 몇십 년이 지난 지금도 바늘이다. 통집과 12시집이 그런 술집이다. 말과 행동을 같이하자 해놓고 그러지 못한 경우는 어찌 다 기억해 내며 평생을 함께하자 해놓고 지키지 못한 언약은 왜 없을 것인가. 삶은 첩첩이 약속이고 첩첩이 지키지 못한 약속이다.

약속은 나를 키운 자양분. 지킨 약속 못지않게 지키지 못한 약속도 나를 키운 자양분이다. 지키지 못한 약속을 상기하며 나를 다그치고 함부로 한 약속이 나를 다그친다. 내가 지키지 못한 약속을 상기하며 남이 지키지 못한 약속을 이해하며 지키지 못한 약속을 떠안고 살아가야 하는 그 사람을 동정한다. 그러면서 나는 커 왔고 그러면서 오늘 여기까지 왔으리라.

이동등대는 지키지 못한 약속을 이해하는 등대다. 지키지 못한 약속을 떠안고 살아가야 하는 사람을 동정하는 등대다. 이동등대가 있는 동해바다는 약속을 칼처럼 지키는 바다. 날이 맑든 궂든 일 년 열두 달 하루도 빠짐없이 해를 띄우는 바다. 동해바다 칼 같은 결벽증에 진저리가 나서 창문이란 창문은 모두 바다 반대쪽으로 낸 등대가 이동등대다. 등대를 찾은 건 네 번. 인간미라곤 통 없는 동해바다에 등 돌린 등대에 위안을 얻고자 두 번은 차를 타고 두 번은 걸어서 등대를 찾았나 보다.

이동은 이천의 동쪽 포구. 이천은 일광해수욕장 동쪽 포구다. 일광에서 갯가를 따라 동쪽으로 가면 이천이 나오고 더 동쪽으로 가면 이동이 나온다. 1971년 문 열어 2013년 조업을 중단한다는 한국유리공업 부산공장이 도중에 나오고 공장 외벽을 따라 갯바위가 이어진다. 그늘 좋고 평평한 갯바위에 퍼지고 앉아 아무리 궁해도 지킬 건 지키는 동해바다를 바라봐도 좋겠고 하루도 빠뜨리지 않고 햇덩이를 토해내는 이동등대를 바라봐도 좋겠다. 몽돌 자갈밭 해안은 수심이 얕다. 열 걸음 스무 걸음 바다로 들어가도 배꼽 높이가 안 돼 보인다.

"약이 올라 두꺼워요."

이동등대 가는 길은 보드랍다. 가는 길 널따랗게 깐 그물을 밟는 감촉이 주

단 길을 밟는 듯하다. 주단 길을 아낙과 장정이 분주하게 오간다. 아낙은 이리 빼죽 저리 빼죽 엉덩이걸음 오가며 다시마를 널고 장정은 성큼성큼 두루미걸음 오가며 다시마를 나른다. 양식장에서 갓 건져 낸 다시마는 하나같이 두툼하다. 이동마을 양식장 바다는 물살이 세차서 두툼하다고 엉덩이걸음 아낙이 말한다. 가만히 조용조용 지내고 싶을 다시마로선 센 물살에 약이 바짝 올랐겠다 싶다.

방파제는 아예 벽면이 다시마다. 다시마 벽화며 다시마 구호가 이 마을 특산품을 대변한다. '기장 미역·다시마 특구.' 이동마을이 최대 생산지라는 문구도 보인다. 바다에선 금성호니 경성이니 하는 FRP 소형어선이 세차다는 물살을 세차게 가르며 다시마를 연신 실어나른다. 없어서 못 판다는 이동 다시마 제철은 5월 중하순부터 한 달. 날이 궂으면 일주일이나 열흘 연장된다. 장사치가 도매로 사거나 일본으로 수출한다.

"다시마는 갈조류예요."

정 선생은 생물 전공자. 생물 전공자답게 보지 않고도 바다 아래가 훤하다. 해조류는 녹조류 갈조류 홍조류 세 가지가 있다. 다시마는 미역 모자반 톳과 더불어 갈조류. 셋의 차이는 깊이의 차이다. 녹조류 파래 청각은 광합성이 원활한 얕은 바다, 갈조류는 중간 바다, 우뭇가사리 풀가사리 홍조류는 깊은 바다. 다시마는 그러니까 어중간한 해조류다. 위든 아래든 극단에 치우치지 않는 처세를 익히려고 사람들은 다시마를 찾는다. 국물용 '다시물'엔 다시마가 으뜸이라고 정 선생은 훈수한다.

이동등대는 극단에 치우치지 않는 등대다. 칼 같은 동해바다에 진저리를 내는 등대다. 바다를 보는 대신 사람 사는 마을을 본다. 약속도 잘하고 깨기도 잘하는 사람 사는 마을을 굽어보는 인간적인 등대가 이동등대다. 등대 출입문에 하트를 그리고 이름 두 자씩을 적은 청춘남녀 사랑의 언약이 보인다. 말로 한 약속도 약속은 약속이니 부디 지켜지길. 지키지 못한 약속은 두고두고 콕콕 찌르니. 그러나 지키지 못해도 이해는 하리라. 내가 그랬으니. 나도 그랬으니.

등대는 붉다. 포구 왼쪽 등대는 붉고 오른쪽 등대는 희다. 포구 왼쪽 등대라서 붉기도 하지만 삼백육십오일 붉은 햇덩이 등쌀에 시달려서 붉기도 하다. 정식 명칭은 이동항방파제등대. 2002년 9월 18일 세웠고 6초에 두 번 햇덩이 같은 홍등을 깜박인다. 높이는 16m. 창문은 원형이고 셋. 셋 다 바다를 보지 않고 갯마을을 본다. 보기 싫은 것을 보지 않고 사는 것도 복이다. 보기 싫은 마음을 감추고 사는 사람은 좀 많은가. 보기 싫은 마음을 감추고 살 수밖에 없는 사람은 좀 많은가.

젖병등대

지나온 삶을 돌아보며
잘못 살았다고 후회할 수는 있어도 잘못된 삶은 없어

기장군

해운대구

수영구

동구

젖병등대

중구   남구

서구

강서구

사하구

영도구

가덕도

등대는 느낌표다. 감동적인 문장 끝에 찍는 부호다. 땅의 끝 등대가 느낌표라면 땅 역시 그만큼 감동적이란 얘기다. 우리가 발 딛고 사는 곳은 거기가 어디든 감동적이다. 높은 곳은 높아서 감동적이고 낮은 곳은 낮아서 감동적이다. 삶 자체가 감동적이다. 시멘트 담벼락 갈라진 틈새로 돋아나는 새싹이 감동적이고 제 몸을 갈라서 새싹을 틔우는 시멘트 담벼락이 감동적이다.

　삶은 긴 문장이다. 길면서 단 한 문장이다. 누구의 삶이든 어떤 삶이든 삶 자체가 감동적이라서 삶의 끝에 찍는 부호는 당연히 느낌표다. 나서기를 좋아한 삶의 끝도 느낌표고 나서기를 꺼린 삶의 끝도 느낌표다. 삶이 감동적이라서 삶의 주체인 사람도 감동적이다. 아기 고사리손이 감동적이고 할머니 손등 주름이 감동적이다.

　땅의 끝에 등대가 있듯 삶의 끝에는 느낌표란 등대가 있다. 나서기를 좋아

한 삶도 꺼린 삶도 그 끝은 등대다. 말간 불 반짝이는 등대다. 지나온 삶을 돌아보며 잘못 살았다고 후회할 수는 있어도 잘못된 삶은 없다. 모든 삶은 감동적이고 지고지순하다. 단 한 문장이고 절대 지우지 못하는 문장인 삶. 한 글자 한 글자 써 내려가기가 조심스럽고 공을 들여야 하기에 그 끝은 지극히 당연하게도 느낌표다. 지극히 당연하게도 말간 불 반짝이는 등대다.

'부산 아기 울음소리 9년 만에 최고!'

2013년 2월 26일 모 일간지 사회면 기사 제목이다. 그 지난해 부산에서 태어난 출생아 수는 28,700명. 2003년 이후 최고치이며 출산율은 3년째 상승세를 이어 간다는 내용이다. 그러기에 신문 기사는 반갑고 고맙다. 거창하게 떠벌릴 것도 없이 이 아이들이 없다며 우리 세대 노후는 누가 챙겨줄 것이며 호주머니 쌈짓돈은 또 누가 챙겨줄 것인가.

젖병등대는 아기 울음소리를 들어보자는 마음이 담긴 등대다. 등대를 세운 해는 2009년. 부산이 전국에서 출산율이 가장 낮은 도시 10년째 되던 해다. 취업난 경제난에 한푼이 아쉬운 청춘남녀로선 연애가 겁나고 결혼이 겁나고 출산은 더욱더 겁나던 그 무렵, 나 몰라라 이대로 놔둬선 안 되겠다 싶은 마음이 오롯이 담긴 등대가 젖병등대다. 9월 17일 점등식에 부산시 여성정책관이 얼굴을 내밀고 세계인구총회 유치위원장이 얼굴을 내민 것도 그런 연유다.

"연화1구가 서암이고 2구는 신암인기라."

젖병등대 있는 곳은 기장 연화리 서암마을. 해운대나 송정에서 181번 시

내버스를 타고 연서교회에서 내리면 된다. 길목 어민복지회관 한켠 한 노인이 소주를 자작한다. 과일이 안주다. 연세는 여든하나. 서암에서 태어나 서암에서 평생을 어부로 살았다. 서쪽에 이름난 바위가 있어서 서암이냐고 묻자 그게 아니란다. 원래는 연화리 한 마을인데 마을이 커지면서 1, 2구로 나누었고 편의상 서암, 신암으로 부르고 있다.

등대 명칭은 서암항남방파제등대. 뭍에서 봐 오른쪽에 있어 흰색이고 녹등이다. 6초에 한 번 반짝인다. 아기 젖병처럼 생겨 애칭이 젖병등대다. 젖병꼭지를 쪽쪽 빨아대면 따뜻한 우유가 방울방울 입가를 적시지 싶다. 입가를 적시고 바다를 적셔 바다가 흥건하지 싶다. 얼마나 빨아대었는지 등대가 퉁퉁 부었다. 퉁퉁 부어서 아플 만도 한데 등대는 젖꼭지를 빼낼 생각이라곤 없어 보인다.

부산 바다엔 등대길이 있다. 포구길도 있고 기차소리길도 있다. 부산관광공사와 부산해양항만청이 남해안을 관광 명소로 띄우려고 애쓴 길이다. 젖병등대가 있는 연화리 일원은 등대길에 들어간다. 젖병등대 아래 서서 바다를 내다보면 여기가 왜 등대길인지 대번에 감이 온다. 이쪽도 등대 저쪽도 등대, 젖병등대 말고도 개성 넘치는 등대들이 기장바다를 있어 보이게 한다.

개성 넘치는 등대는 넷. 왼쪽 방파제 가장 가까운 붉은 등대는 닭벼슬등대다. 원래는 차전놀이등대인데 힘과 권력을 상징하는 닭벼슬처럼 보인다고 그렇게들 부른다. 생긴 게 뱃머리라 뱃머리등대라고 불러도 뭐라 할 사람은 없겠다. 나무계단을 올라 전망대에 서면 난간마다 자물쇠를 꼭꼭 채우고선 사랑의 징표라나 어쩐다나. 섬처럼 놓인 일자 방파제엔 천하대장군과 천하여장군으로 불리는 장승등대가 으스스하다. 왼편 축구공을 닮은 등대는 2002년 한일 월드컵을 기념하는 월드컵등대다.

등대에 닿기 직전 편지함이 보인다. 젖병등대 축소판이다. 월 1회 배달되는 사랑의 편지함이다. 연인에게, 자녀에게, 부모에게 사랑의 편지를 써보자는 취지문이 그럴듯하다. 이 길을 가이드하면서 사랑하는 이에게 편지를 써보라며 우편엽서를 나눠준 적이 있었다. 난감한 건 사랑하는 이 주소를 외는 사람이 아무도 없었다는 것. 궁여지책으로 자기에게 편지를 쓰게 했다. 자기가 자기에게 보내는 편지. 다들 더 난감하단 눈치였다.

'젖병등대, 부산의 미래를 밝히다.'

젖병등대 아래 부착한 하트 모양 동판 명문이다. 젖병등대 의도는 부산의 밝은 미래. 의도를 갖고 세운 등대라 디자인에도 의도가 엿보인다. 벽면을 채운 디자인은 손과 발 프린팅. 모두 144명 영유아 손과 발을 하나하나 양각한 타일이 이색적이다. 타일에 내 손바닥을 대면 어떤 손은 절반도 안 되고 어떤 발은 절반의 절반도 안 된다. 저들이 부산의 미래. 아기가 젖 달라고 보채는 소리에 놀라서 부산은 잠에서 깨어나리라. 잠에서 깨어나 주변을 밝히는 등불을 켜리라.

삶은 감동적이다. 삶이 감동적인 건 그 주체인 사람이 원래 감동적이기 때문이다. 달리 말하면 사람이 빠진 감동은 있을 수도 없고 있지도 않다. 사람의 시작은 출산. 그래서 아기 우는 소리는 지극히 당연하게도 감동적이다. 고요한 밤하늘을 깜짝깜짝 놀라게 하는 아기 우는 소리. 고요한 밤바다를 깜빡깜빡 두근대게 하는 젖병등대 등불. 젖병등대가 어떻게 생겼나 찾아오는 사람들은 어떻게 보면 친정부모 같고 어떻게 보면 시댁부모 같다.

대변등대

우주를 돌듯 등대를 돌면
온몸에서 멸치 비린내, 등대 비린내

기장군

해운대구

수영구

대변등대

강서구

동구

남구

중구

서구

사하구

가덕도

영도구

대변 변은 변두리 변

큰 변두리가 대변이다

대변 사람들은 참 호방하지

변두리를 크다고 봤으니

변두리 밀려나도 기죽지 않았으니

그래서 대변은 반골의 이름이다

반골은 꼬장꼬장해야 제 격

그물을 털면

죽어서도 튀는 멸치

대변에서는

멸치도 꼬장꼬장해서 반골이고

등불을 끄면

왜 끄느냐고 대드는 등대

대변에서는

등대도 꼬장꼬장해서 반골이다

- 동길산 시 '대변등대'

"돼 죽겠는데 말 시키지 마소!"

대변등대는 가는 길부터 삐딱하다. 반골이다. 말도 못 붙이게 한다. 장정
셋. 4.6t 연안 자망어선을 접안하고서 그물에 낀 봄멸치를 터는 중이다. '에
야디야 에야디야' 소리에 맞춰 동작이 일사불란하다. 어디서 잡아온 멸치냐
고 묻자 버럭 짜증부터 낸다. 말대답하느라 소리가 어긋나 짜증이고 동작
이 어긋나 짜증이다.

멸치는 죽어서도 동작이 날쌔다. 그물을 털 때마다 허공으로 펄쩍펄쩍 뛴
다. 일부는 바다로 뛰어들고 일부는 육지로 뛰어든다. 바다로 뛰어드는 멸
치는 갈매기가 냉큼냉큼 받아먹는다. 육지로 뛰어드는 멸치는 용심이 나서
인지 구경꾼 안면에 비늘을 뒤집어씌운다. 옷에도 비늘이 튄다. 햇빛을 받
아 반짝이는 멸치와 비늘. 멸치 터는 그물 너머로 보이는 등대도 햇빛을 받
아 반짝인다.

대변에서 등대는 멸치다. 저 등대를 보고 멸치잡이 배가 나가고 들어온다.
대변등대를 드나든 멸치잡이 배를 횟수로 따져서 줄 세우면 지구를 열 바퀴
돌고도 남겠다. 배에 실려 온 멸치를 줄 세우면 우주를 열 바퀴 돌고도 남겠
다. 배가 지구를 돌듯 멸치가 우주를 돌듯 등대를 돌면 온몸에서 멸치 비린
내가 난다. 온 마음에서 멸치 비린내가 난다. 그건 등대에 밴 멸치 비린내이
자 등대 비린내. 온몸 온 마음에서 등대 비린내가 난다.

등대 비린내는 은근하다. 안 그런 척하면서 사람을 착착 감는다. 처음엔 후
각을 감고 후각을 다 감으면 시각을 감고 시각을 다 감으면 청각을 감는다.
어떻게 손쓸 겨를도 없이 후각 청각 시각이 등대에 감긴 사람들. 어떤 사람
은 벗어나길 단념하고서 등대 쪼그려 앉아 술잔을 기울이고 어떤 사람은 감
긴 게 분한 듯 바다를 향해 화풀이하듯 낚싯대를 휘두른다. 그러거나 말거나

아낙들은 등대 방파제 쪼그려 앉아 미역 말리기에 여념이 없다.

"방파제 새로 하면서 등대도 새로 했지요."

쉰은 훨씬 넘어 보이는 아낙 말대답이 시원시원하다. 미역 말리는 손은 바쁘지만 멸치 장정처럼 짜증을 내지는 않는다. 짜증이 뭔가. 더 물어봐 달라는 눈치다. 방파제 새로 단장하면서 멸치 축제도 방파제에서 한다. 작년 멸치 축제는 4월이었지만 올해는 5월부터 한다는 말을 묻지도 않았는데 덧붙인다. 올해 축제 슬로건은 '통통 튀는 생생 멸치.' 통통한 생멸치 봄멸치가 구워서도 나오고 무침으로도 나오고 찌개로도 나온다. 바야흐로 대변은 멸치 철이다.

등대를 새로 한 해는 2000년. 밀레니엄 새천년 떠들썩했던 그해다. 아낙 말대로 방파제를 넓고 반듯하게 단장하면서 하나뿐인 등대도 새 옷을 입혔다. 등대를 처음 세운 건 1953년. 등탑은 붉고 홍등을 5초에 한 번 깜박인다. 창문은 둘. 창문마다 처마랄지 차양이랄지 가리개를 달아내어 비 오는 날 내다보기 좋겠다. 일자 원통형 등대는 전체적으로 듬직하다. 등대 명칭은 대변항방파제등대. 부산에선 대변항이 다대포항, 천성진항과 함께 국가에서 관리하는 어항이라 드나드는 배도 듬직하고 등대도 듬직하다.

등대는 듬직하다. 세상 모든 등대가 듬직하다. 가볍게 처신하지 않는다. 생각하고 또 생각해서 움직인다. 등대라고 해서 몸을 놀리고 싶은 마음이 왜 없을까. 움직이고는 싶지만 아직 생각이 정리되지 않아 저러고 있다. 생각이 정리되지 않은데도 움직이면 가볍게 보일 것 같아 저러고 있다.

이 세상 모든 등대는 지금 생각 중이다. 생각하고 또 생각하는 중이다. 생각이 정리되는 대로 등대는 본격적으로 세상에 나설 기세다. 등대가 움직이면 그때까지 움직이던 모든 것들은 숨을 딱 멈추고 행동을 딱 멈추고 등대만 바라볼지도 모를 일이다.

등대 아래는 시퍼런 바다. 등대와 바다 사이가 낭떠러지 같다. 떨어지면 어쩌나, 떨린다. 바닷물은 쪽빛. 해맑아서 바닥이 훤히 보인다. 갯바위 틈새로 자연산 돌미역이 물의 흐름에 따라 흐늘대고 다시마가 흐늘댄다. 저들은 언제 저 바다에 떨어져 저렇게 몸을 떨어대고 있을까. 생각을 바꾸어서 바라보면 유유자적 걸림이 없는 경지 같다. 유유자적은 나를 버리는 데서 온다. 나를 떨어뜨리는 데서 온다. 아, 나는 언제쯤이나 저 바다에 나를 떨어뜨릴 것인가. 나를 떨어뜨려 미역처럼 다시마처럼 흐늘댈 것인가.

등대 아래 서서 바다를 보면 속이 시원하다. 속에 맺힌 게 물의 흐름에 따라 흐늘흐늘 흘러간다. 흘러가다간 방파제에 딱 걸린다. 방파제는 바다 중간쯤 일자 방파제. 양쪽 끝에 색색의 등대가 지붕 날아간 신전 기둥처럼 버틴다. 오른쪽 등대는 흰색, 왼쪽은 노란색. 하나는 천하대장군 하나는 지하여장군. 이른바 장승등대다. 너머론 기장 유일한 섬이라는 죽도가 보이고 전복죽 전문 해녀촌이 들어오고 죽도와 해녀촌을 잇는 무지개다리가 보인다.

찾아가는 길은 쉽다. 해운대와 기장을 오가는 181번 시내버스를 타고 대변에서 내리면 된다. 버스는 20분 간격. 버스에서 내리는 순간 멸치 비린내가 달려든다. 노점은 멸치젓갈 전문이고 음식점은 생멸치 전문이다.

멸치는 왜 멸치일까. 성질이 급해 물에서 나오면 금방 죽는다고 멸(滅)치고 왜소해 업신여김을 당한다고 멸(蔑)치다. 멸치 터는 장면을 구경하려면 오전 10시 이전에 가는 게 좋다. 구경하다가 멸치 비늘이 옷에 튀면 얼른 털어내야 한다. 갈매기가 떼를 지어 날아와 쪼아댈지 모른다.

광계말등대

외따로 서 있다, 등을 떠밀면
바다로 뛰어들 것 같은…

기장군

해운대구

수영구

동구

중구   남구

서구

사하구

광계말등대

가덕도

강서구

영도구

외따로 서 보라
마음에 없는 말
모두 접고
발이 저리도록
아무 말 없이 서 보라
했던 말은
얼마나 가벼운가
하도 말을 안 해서
입을 열면
쉰내가 날 것 같은
광계말등대
등을 떠밀면
발이 저려서라도
바다로 뛰어들 것 같은
외따로 선 등대

- 동길산 시 '광계말등대'

등대는 단호하다. 맺고 끊는 게 분명하다. 불이 들어오는 것도 분명하고 나가는 것도 분명하다. 아주 짧은 순간도 망설이거나 미적거리지 않는다. 세상사 초연해서 나섬도 분명하고 물러섬도 분명하다. 언제든 불 켤 각오가 돼 있고 언제든 불 끌 각오가 돼 있다. 세상사 초연해서 나선다고 우쭐대지 않고 물러선다고 주눅들지 않는다. 맺고 끊는 게 분명한 등대의 단호함은 초연에서 온다.

등대는 단호하다. 비집고 들어갈 틈이라곤 없다. 사람이라면 정나미가 떨어지는 사람. 그럼에도 사람들은 등대를 찾는다. 인간미라곤 도통 없어 보이는 등대를 왜 찾는가. 사람에게 모자란 것을 등대는 갖고 있다. 사람이라면 닮고 싶은 것을 등대는 갖고 있다. 불 켤 때 불 켜고 불 끌 때 불 끄는 것. 나설 때 나서고 물러설 때 물러서는 것. 그게 모자라서 그게 닮고 싶어서 등대를 찾고 지난번 찾은 등대를 또 찾는다.

등대를 찾는 궁극은 결국 초연이다. 초연하다는 것, 초연해진다는 것. 사람이 초연해지면 욕심에서 자유롭다. 욕심에서 자유로우면 채움에서 비움으로 나아간다. 나서는 것도 물러나는 것도 눈 아래, 발아래다. 하지만 그게 쉽나. 스스로를 초연하다고 말할 수 있는 사람이 몇이나 될까. 세상사 눈 아래, 발아래 초연하게 둘 수 있는 사람이 과연 몇이나 될까. 쉽지 않기에 몇 되지 않기에 더욱 가닿고 싶은 그곳. 그곳에 가닿고 싶어 사람들은 등대를 찾고 또 찾는다.

광계말등대는 여러모로 초연하다. 있는 곳도 외따로 떨어져 초연하고 세상과 단절하겠다는 듯 철조망을 친 결기도 초연하다. 세상과 동떨어진 외딴곳에서 마음의 철조망을 치고선 눈 감고 3년, 귀 막고 3년이다. 온전히 초연하지는 않아 창문을 내어 바깥세상을 두리번거린다. 인간의 모습이다. 잘만하면 비집고 들어갈 틈이 있겠다. 군부대 철조망이 사방팔방 쳐졌지만 다행

히 틈이 있다. 그 틈으로 바깥세상에 찌든 사람을 받아들인다.

광계말등대는 기장 죽성 광계말에 있다. 광계말(廣溪末)이 뭘까. '말'이란 지명이 붙은 곳은 여러 군데다. 부산만 해도 용호동 승두말, 동생말이 있고 해남엔 땅끝마을 토말이 있다. 말은 육지에서 바다 쪽으로 툭 튀어나온 곳을 이른다. '광계'란 지명은 1910년 5월 발행 <한국수산지> 2집에 나온다. '월전 남쪽 돌출된 곳을 광계말이라 부르며 부근에 암초가 많고 조류가 급해 어선이 자주 난파하는 곳이다'로 언급한다.

광계말등대 별명은 성화등대. 꼭대기 생긴 게 횃불 활활 타오르는 올림픽 성화대를 연상시킨다. 등대를 세운 때는 2004년 10월 5일. 2004년 아테네올림픽 다음 해다. 아테네올림픽 성적은 종합 9위. 10위권 목표 달성이란 흐뭇한 마음이 담긴 등대가 광계말등대다. 등탑은 팔각 흰색이며 백색 등을 6초에 한 번 깜박인다. 홍등 녹등이 좌우를 표시하는 측방표지라면 백색 등은 용도가 다양하다. 모든 유인등대가 백등이며 동서남북 방위표지가 백등이며 뚝 떨어진 고립장해표지, 안전수역표지가 백등이다.

"저도 그 생각 하고 있었어요."

등대는 툭 튀어나간 곳에 있다. 낭떠러지 기분이 든다. 등을 떠밀면 곧장 바다로 떨어질 것처럼 아슬아슬하다. 등대 아래는 널찍한 갯바위. 바위가 뿌리를 뻗어 바다 곳곳이 암초다. <한국수산지>가 언급한 그대로다. 실한 뿌리는 암초도 실해 수면 위로 드러난 자태가 웅장하다. 신라 대왕암 같다. 갈맷길을 걷는다는 여인에게 대왕암으로 보이지 않느냐고 말을 붙이자 안 그래도 그렇게 생각하고 있었단다. 중매쟁이 대왕암이 두 사람 잘해 보라며 파도소리 경음악을 틀어준다.

등대는 시무룩하다. 몰골이 영 말이 아니다. 출입문 계단 난간은 한쪽이 기우뚱 넘어졌고 등탑 페인트는 여기저기 벗겨져 나이든 티가 난다. 중매 자리에 나설 만큼 흥이 날 리가 없다. 그렇지만 그런 외양이 오히려 고집스러워 보인다. 경륜이 보이고 세상을 등지고 살아가는 초연함이 보인다. 두 마리 토끼를 다 잡을 수는 없는 법. 하나는 포기해야 한다. 광계말등대가 택한 건 남루지만 남루가 부끄러운 건 아니다. 부끄러워하는 게 부끄러울 뿐이다.

등대 가는 길은 군부대 철조망에 막혔다. 다행히 부대는 철수해 철조망이 헐겁다. 틈이 벌어져 그 틈으로 이방인을 받아들인다. 뾰족하게 부딪는 것일수록 틈은 잘 벌어지게 마련이다. 철조망을 넘어서면 돌비가 보인다. 1985년 대변과 죽성을 잇는 도로개설 기념비다. 광계말에서 부산 방향으로 가면 대변이고 반대 방향으로 가면 죽성 월전이다.

철조망 안은 둥글고 나지막한 언덕. 목가적이다. 강풍이 들이닥치면 폭풍의 언덕이겠지만 언덕은 보드랍고 포근해 안기고 싶어지고 드러눕고 싶어진다. 안 가고 오래 있으니 파도가 들이닥친다. 우르르 쾅쾅, 금방이라도 내쫓을 기세다. 초연하게 지내는 등대 물들이지 말라는 엄포다. 쫓겨가는 내가 불쌍해 보였던지 갈매기가 등대에다 대고 파도에다 대고 꺅꺅꺅 '화딱질'을 낸다.

월전등대

파도가 철썩철썩 때려 시퍼렇게 멍든 바위
갯바위 때린 파도도 시퍼렇게 멍들어

기장군

해운대구

수영구

동구

강서구

남구

중구

서구

월전등대

사하구

가덕도

영도구

등대는 민낯이다. 화장하지 않는다. 잘 보이려고 한 번 반짝이는 등불을 두 번 세 번 반짝이지 않는다. 잘 보이려고 단색인 등탑에 알록달록 덧칠하지 않는다. 잘 보여서 상대의 판단과 결정에 끼어들지 않는다. 이리로 올지 저리로 갈지 판단과 결정은 오로지 상대의 몫. 등대는 보이기만 하지 강요하지 않는다.

    등대는 담담하다. 이리로 오든 저리로 가든 순순히 받아들인다. 슬퍼하거나 노하지 않는다. 삶을 노래한 푸시킨 시 같다. 등대의 달관은 외로움에서 온다. 외로움 그 깊이를 알기에 이리로 와도 물리치지 않고 저리로 가도 붙잡지 않는다. 얼마나 외로워야 순순히 받아들일까. 슬퍼하거나 노하지 않을까. 얼마나 외로워야 세상사 바깥으로 달관할까.

사랑은 그래야 한다. 민낯이고 담담해야 한다. 있는 그대로를 보여주고 있는 그대로를 받아들여야 사랑은 비로소 사랑이 된다. 이루고 싶어도 이루지 못한 사랑은 모두 내 탓. 이리로 오기를 강요한 잘못이 크고 저리로 못 가게 붙잡은 잘못이 크다. 더 큰 잘못은 같은 잘못이 되풀이돼 왔다는 것. 이때까지 그래왔듯 앞으로도 그러하리란 것. 아, 사랑이여! 나는 언제쯤 사랑에 대범할 것인가.

월전등대는 일명 장어등대. 생긴 게 장어다. 몸을 배배 꼰 장어가 수면을 박차고 치솟는 형상이 힘차다. 장어는 미끌미끌한 물고기. 여기 등대도 미끌미끌하다. 잡으려 해도 잡히지 않는다. 쏙쏙 빠져나간다. 손을 오므려도 빠져나가고 눈을 깜박여도 빠져나간다. 월전등대는 그래서 가져가지는 못하는 등대다. 그냥 만져 보기만 하고 그냥 보기만 하는 등대다. 중년 부부가 등대에 왔다가는 빈손으로 돌아가고 배낭 차림 대학생이 빈손으로 돌아간다.

"손님, 뭘 찾아예?"

월전에선 보이는 것도 장어지만 냄새도 장어. 등대 방파제 가는 길. 장어 굽는 냄새가 길을 막는다. 장어는 횟집에서도 팔고 월전활어판매장 간판을 내건 천막에서도 판다. 천막 안쪽에 전을 벌인 어물전은 열 남짓. 내놓은 고무대야도 어물전마다 열 남짓. 열 남짓 대야에서 두셋은 장어가 차지해 월전 이름값을 한다. 대야를 기웃대자 아낙이 다가와 장어를 권한다. 배배 엉킨 장어가 나와 눈을 마주치지 않으려고 대가리를 처박는다.

월전등대도 해운대 미포등대처럼 외등대. 등대가 하나뿐이다. 포구 왼쪽에 있어서 붉다. 정식 명칭은 월전항방파제등대. 매립되기 이전 한적한 포구였던 월전에 서른 초반 여섯 달 살았다. 그때만 해도 등대 방파제가 없었

고 등대도 당연히 없었다. 해안을 매립하고 매립지에서 장어를 팔고 장어 등대가 생기고 하면서 월전은 세상을 보는 안목이 높아졌다. 안목이 등대처럼 훤칠해졌다.

월전등대는 디자인이 독창적이다. 안전 운항을 돕는 고유의 기능에다가 관광과 지역 특성을 고려했다. 볼수록 미끌미끌하다. 잡으려고 해도 잡히지 않는다. 콘크리트 재질 사각형 등대이며 2009년 9월 9일 첫 점등했다. 9가 두 번 겹치면 좋은 날. 세 번이나 겹쳤으니 겹으로 좋은 날이다. 4초에 한 번 홍등이 깜박인다.

월전등대는 전망대 등대다. 전망대가 1층에도 있고 2층에도 있다. 다가오는 사람을 가로막지 않고 기꺼이 받아들이는 품새가 넓어 보인다. 2층 전망대에서 내다보면 왼편에 갯바위가 보인다. 파도가 철썩철썩 때려 시퍼런 멍이 든 바위다. 갯바위를 때린 파도도 멍들어 시퍼렇다. 방파제 낚시꾼이라 다를까. 얼굴이 시퍼렇게 얼었다.

등대 내부는 묘하다. 아래위 전망대를 갖춘 등대답게 탁 트인 구조이면서 안을 감싸는 구조다. 탁 트이면서도 감싸는 느낌이 썩 괜찮은 남자 같고 썩 괜찮은 여자 같다. 2층 전망대엔 등대 꼭대기로 올라가는 철제 계단이 나 있다. 계단 역시 이중구조다. 내장형도 아니면서 외장형도 아닌 게 나에게 일침을 놓는다. 나는 속과 겉을 다 드러내고 사는가. 속과 겉이 다르지 않고 같은가.

"어머!"

갯바위 안쪽은 언덕배기. 월전 꽃동산이란 입석을 세웠다. 이식한 소나무 한 그루 운치 있게 시들어 가는 언덕배기 끝자락에 서서 청춘남녀가 커피잔을 홀짝이며 바다에 빠져 있다. 여자는 뾰족구두. 여자가 돌아서다가 짧은 비명을 내지르며 휘청댄다. 남자가 얼른 부축한다. 받쳐주는 부목도 없이 시들어 가는 소나무. 부러워 죽겠다는 듯 가지를 양팔처럼 치켜들어 하트 모양을 만든다. 뾰족구두 멋쟁이 아가씨 긴 머릿결이 갈대처럼 휘날린다. 갈대처럼 휘날리며 보는 사람 마음을 간질인다.

지금은 겨울. 겨울이라곤 해도 입춘이 지나서 우수가 지나서 한시름 놓는 겨울이다. 시들어 가는 소나무 아래로 새로 돋아나는 싹들. 새싹들이 곧 봄임을 알린다. 생명은 그렇게 유장하게 이어진다. 어쩌면 사랑도 그러리라. 한 사랑이 생을 마감하면 다른 사랑이 돋아나 사랑은 오래오래 이어지리라. 믿음과 소망과 사랑, 그중에 제일은 사랑이지 않은가.

두호등대

사람과 사람 사이 접점은 언제 찍히는가
만나면서 찍히는가, 헤어지면서 찍히는가

등대는 접점이다. 뭍과 물의 접점이다. 그리고 전근대와 근대의 접점이다. 전근대와 근대. 최초의 등대는 기원전 이집트라고 하지만 등대가 보편화된 건 근대에 와서이다. 그러니 전근대에서 근대로 나아가는 그 지점에 등대가 있다. 다르게 말하면 등대는 과거와 현재의 공존이다.

　등대는 접점이다. 지리적으로 접점이고 역사적으로 접점이다. 사람과 사람 사이에서도 접점이다. '영원히 사랑하자.' 등대에 적은 다짐이 접점이며 지난날 지난 사람 흔적을 더듬는 손길이 접점이다. 그래서 등대는 공존이다. 지금 여기는 지금 여기대로 공존이고 지난날 지난 사람은 또 그대로 공존이다.

　접점은 언제 생기는가. 사람과 사람 사이 접점은 언제 찍히는가. 만나면서도 찍히고 헤어져서도 찍힌다. 어떤 면에선 헤어지고 나선 찍힌 접점이 더

굵고 더 진하다. 더 진해서 지난날을 그리워하고 지난 사람을 그리워한다. 지나가서 애틋한 날아! 지나가서 간절한 사람아!

봄비가 당차게 온 다음 날. 두호방파제 낚시꾼 둘은 낚싯대를 접고서 술판이다. 술상은 잡은 고기를 담는 '쿨러'고 안주는 비스킷 몇 조각. 고기는 좀 잡았느냐며 말을 붙이자 대뜸 흙탕물 바다를 가리킨다. 바닷물이 뒤집혀 고기가 없다는 푸념이다. 무슨 말인지 감은 얼른 안 와도 그런가보다 고개를 끄덕인다.

시간은 오후 세 시와 네 시 사이. 볕은 아직 따갑다. 술상을 차린 자리는 등대 그늘이 드리워 서늘하다. 전망은 훤히 트여 걸림이 없다. 명당이다. 바로 앞에 보이는 바닷물은 흙탕물이지만 먼바다는 쪽빛이다. 하늘과 맞닿은 수평선 가까울수록 쪽빛은 진해지다가 수평선에서 이르러 연해진다. 쪽빛은 쪽빛이되 하나의 쪽빛이 아니고 서넛은 되는 쪽빛이다. 그런 쪽빛이 맞물려 연하다가 진해지고 진하다가 연해진다.

두호등대는 개성이 뚜렷하다. 각진 팔각 몸통 힘줄이 불거진 것이 여느 등대와 다르다. 대개의 등대가 출입문과 창문이 같은 방향인데 견줘 따로따로인 것도 다르다. 정식 명칭은 두호항방파제등대. 2004년 11월 17일생이다. 외등이며 방파제가 포구 오른쪽에 있어 등탑이 희다. 등불은 녹등. 5초에 한 번 깜박인다.

"위로 뻗어가다가 어느 선에서 절제하는 느낌을 주네요."

부산시 남구 남천동 남진희 주부는 철학과 출신. 요 근처는 이따금 지나가 봤지만 차를 타고 지나다녀 등대를 가까이서 보기는 처음이란다. 철학을 공부한 사람답게 등대를 보는 느낌이 철학적이다. 치솟기만 하다가 멈추지 못

해 추락하는 군상들을 꼬집는 힐책으로 들린다. 등대는 팔을 활짝 펴고 심호흡하는 형상. 바다 색깔과 똑같은 푸른 하늘 푸른 기운을 들이켜 등대 힘줄이 불끈거린다.

두호(豆湖)는 역사의 힘줄이 불끈거리는 포구. 등대가 전근대와 근대의 접점이듯 등대가 있는 두호 역시 과거와 현대의 접점이다. 과거와 현재가 공존한다. 두모포(豆毛浦)란 부산 옛 지명이 나온 곳이 여기고 고산 윤선도 주옥같은 시가 나온 곳이 여기다. 지금의 두호는 비록 외지고 외로운 포구지만 과거에서 현재로 이어지는 맥박만큼은 힘차다. 힘줄이 불끈거린다. 외지고 외롭다고 절대로 기죽지 않는 포구가 여기 두호다.

두호 옛 지명은 두모포. 조선시대 수군이 주둔하던 포구다. 종4품 무관 만호가 배치돼 규모가 있었다. 참고로 기장현감은 종6품. 임란 이후인 17세기 초 부산시 동구 수정동 부산성으로 옮기면서 부산성 진영을 두모포 진영으로 개명했다. 원래 두모포는 두호란 지명을 얻는다. 두모포에 왜관이 설치된 것은 1607년. 일본인 거류지가 왜관이다. 1678년 4월 초량으로 왜관이 이전하면서 두모포 왜관은 고관으로 불린다.

두호등대 가는 길에 야트막한 야산이 있다. 지금은 야산이지만 내가 잠시 살던 1990년대 초만 해도 물가 섬이었다. 섬과 육지 사이에 도로를 놓으면서 육지와 맞붙은 야산이 되었다. 야산 이름은 황학대. 누런 바위가 학처럼 생겨서 얻은 이름이다.

작명한 이가 대단하다. 조선 3대 시인, 어부사시사의 시인 윤선도. 윤선도는 서른과 쉰, 일흔 나이에 걸쳐 평생 세 번을 유배 갔다. 서른 유배지가 여기 두호다. 4년 7개월인가 있으면서 시도 여러 편 남겼고 셋째아들 예미(禮美)를 여기서 낳았다. 과거와 현재가 공존하는 두호는 역사만 아니라 문학으로도 조명되어야 한다.

등대에서 내륙으로 보면 산꼭대기에 성 같은 게 보인다. 죽성 왜성이다. 죽성에는 임란 이전 신라부터 성이 있었고 임란 후에는 왜성이 있었다. 돌로 비스듬히 쌓은 왜성이 비교적 잘 보존돼 전쟁의 상흔을 되새김질한다. 왜성에서 보면 오른편 소나무 몇 그루가 시선을 끈다. 죽성 해송이다. 곰솔이라고도 부른다. 윤선도 그때도 있었을 오래된 해송에서 두호를 내려다보면 윤선도가 보았을 황학대와 윤선도가 보았을 해안선이 한 뼘 손바닥에 다 들어온다. 과거와 현재가 한 뼘 손바닥 안이다.

비 온 다음이라 바다는 평정심을 잃은 모양이다. 들끓는다. 수면 위로 드러난 갯바위를 파도가 들이닥치고 포말이 채 가라앉기도 전에 뒤좇아 온 파도가 들이닥친다. 앞 포말 뒤 포말이 공중에 붕 떠서는 치고받는다. 날지도 못하는 것들이 공중에 떠서 저러고 있으니 갈매기는 같잖다. 같잖아서 거들떠보지도 않는다. 제 부리로 제 몸을 콕콕 쪼아댈 뿐이다. 제 몸에 접점이라도 찍으려는 모양이다.

학리등대

보기만 하고 가닿을 순 없는 등대와 철탑
애절한 두 불빛 깜박이는 애절한 밤바다

기장군

해운대구

수영구

강서구

동구

남구

중구

서구

학리등대

사하구

가덕도

영도구

학처럼 살자 했건만
학처럼 살아지지 않는다
나를 좋게 보는 이들은
내 잘못이 아니라고 하지만
사는 게 원래 그래서 그렇다지만
그 말은 어떻게 믿나
학처럼 살자 해 놓고
나는 너무 부대꼈다
너무 날렸다
어떻게 해 보려고
파도가 집적거리고
파도소리가 집적거려도
털끝 하나 어쩌지 못하는
저 백학

- 동길산 시 '학리등대'

등대는 학이다. 고고하다. 외롭고 높다. 외롭고 높아서 세속과 거리를 둔다. 세속과 거리를 두지 못하는 우리네 보통사람은 자축인묘 십이지신. 십이지신은 쥐, 소, 범, 용, 말… 쥐, 소는 그렇다 치더라도 범보다 고고하고 용보다 고고하다고 본 게 학이다. 그래서 이름자에 학을 잘 쓰지 않는다. 학을 쓰면 외롭기에. 세속과 거리를 두고 외톨이로 지내야 하기에.

등대는 외톨이다. 외톨이긴 해도 자발적 외톨이다. 사람도 그런 사람이 있다. 사람들이 거리를 둬서 외톨이가 된 게 아니라 스스로 사람들에게 거리를 둬서 외톨이가 된 사람. 스스로 등대를 찾는 사람에게도 비슷한 면이 있다. 외톨이로 지내면 안 되는 게 삶이라서 웃고 떠들고는 하지만 마음속 깊은 곳은 늘 외톨이인 사람. 그런 사람이 등대를 찾고 등대를 찾는 동안이나마 자발적 외톨이가 된다.

등대를 찾아서 무엇을 얻는가. 무엇을 잃고 무엇을 얻는가. 살면서 아주 가끔 마주치는 어떤 순간순간이 있다. 무엇을 얻는다는 생각조차 놓아 버리는 순간순간. 말장난 같이 들릴지 모르지만 등대를 찾아 무엇을 얻겠다는 생각조차 놓는 순간 등대와 사람은 비로소 이이일(二而一)이 된다. 마음속 깊은 곳 외롭고 높아서 고고한 사람이 된다. 고고한 학이 된다.

학리(鶴里)는 학이 살았다는 포구 마을. 학 이야기는 마을 노인들 구전으로 내려온다. 학이 둥지를 튼 나무는 두 그루 당산나무다. 한 그루는 소나무고 한 그루는 포구나무로 불리는 팽나무다. 소나무는 넘어질 듯 기울어져 부목으로 받쳤고 팽나무는 나뭇가지가 할아버지 덥수룩한 수염마냥 곱슬곱슬하다. 당산나무는 슈퍼 샛길로 들어가면 나온다.

　"몰라. 시집올 때도 있었어."

샛길 길목에 두 할머니가 마실 나와 있다. 한 분은 주름살이 깊다. 연세를 여쭤자 맞춰 보란다. 힌트를 준다. 학리 건너편 갯가 이천에서 가마 타고 시집와 60년을 학리에서 산단다. 시집올 때 나이는 22살. 학이 살았다는 당산나무를 가리키며 나이는 모르지만 몇백 년은 됐을 거란다.

당산나무 두 그루 사이로 방파제가 보이고 등대가 보인다. 등대는 외등이고 홍등이다. 바깥으로 드러난 등명기는 멀리서 봐도 새파랗다. 학의 눈매가 저럴까. 별다른 치장 없이 단아해서 학의 자태라고 우겨도 토 달 사람은 별로 없겠다. 방파제 제방을 따라 낚시꾼이 붐빈다. 너무 가까이 다가가면 등대가 날아갈지도 모르는데 사람들은 조심성이라곤 없다. 등대 아래도 낚시꾼인지 구경꾼인지 사람 몇, 등대가 신경이 곤두서겠다.

학리 앞바다는 공사가 한창이다. 몇 군데는 오일펜스가 노랗다. 공사구역임을 알리는 황색 등부표도 몇 보인다. 학리항 정비공사 알림판도 보인다. 알림판은 또 있다. 학리 해녀들 포장마차는 공사가 끝나는 5월 말 돌아온다는 내용이다. 학리 포장마차는 말미잘 매운탕이 일품이다. 별명이 십전대보탕이다.

"한 번 보는 데 5백 원이요."

냄비가 작아 라면이 보글보글 넘친다. 일요일 방파제는 사람 맛이 난다. 낚시하는 사람, 회 치는 사람, 구경하는 사람. 한 사람이 한마디씩만 해도 백 마디는 되겠다. 라면 낚시꾼 쿨러를 들여다본다. 장정 손바닥보다 넓적한 도다리가 무슨 영문인지 모르겠다는 듯 통방울눈을 멀뚱댄다. 낚시꾼은 도다리를 보려면 돈을 내야 한다며 너스레다. 다른 낚시꾼은 잡았다 하면 가느다란 학꽁치인데 널따란 도다리를 잡았으니 큰소리 탕탕 칠 만도 하다.

방파제 끝 등대에선 삼겹살 파티다. 삼겹살 굽는 냄새에 등대가 발목이 잡혔다. 사람들이 집적여도 훨훨 날아가지 않고서 꼼지락댄다. 등대 명칭은 학리항방파제등대. 1999년 6월 1일 첫 점등했다. 녹등을 5초에 두 번 깜박인다. 창문은 따로 내지 않고 꼭대기 등명기 주변으로 난간을 둘렀다. 저 난간은 무슨 의도일까. 등명기를 살아 꿈틀대는 생명으로 본 것인가. 꿈틀대다가 등대 아래로 굴러떨어지는 일이 없도록 배려한 것인가.

등대 아래는 갯바위와 삼발이가 반반이다. 오일펜스가 가로막든 어떻든 파도는 갯바위와 삼발이 틈새로 스며들고 파도를 따라서 파도 소리 또한 스며든다. 파도는 하루 몇 번을 칠까. 하루 몇 번을 쳐서 가만히 지내는 고고한 등대를 집적이는 걸까. 일요일이라 보는 사람이 많으니 파도도 파도 소리도 등대를 표나게 집적이진 않는다. 대신에 집요하다. 슬금슬금 몰려와 가랑비에 옷 젖듯 등대를 떠받친 갯바위와 삼발이를 적신다.

등대 맞은편 저 멀리 보이는 산은 좌천 달음산. 산꼭대기가 봉분처럼 생긴 암벽이라 어디서 봐도 티가 난다. 암벽 옆으로 철탑이 보인다. 어두워지면 등대에 불이 들어오듯 저 철탑에도 불이 들어오리라. 보기만 하고 가닿을 순 없는 두 불빛. 애절한 불빛이 깜박이는 밤 풍경은 또 얼마나 애절할 것인가. 언제든 날개를 펴고 날아갈 수 있는 학리등대지만 꾹 참는 저 인내 역시 사랑이다.

"참 하얗구나! 느꼈어요."

해운대 신시가지 대림유치원 강미경 원감은 송정초등 38회. 지금도 집이 송정이라 바다를 끼고 산다. 끼고 살아도 바다는 늘 새롭다. 등대도 그렇다. 볼 때마다 새롭고 새롭게 하나하나 알아가는 기분이다. 그럴 수밖에. 다 같아 보여도 다 다른 게 등대니까. 학리등대는 멀리서 볼 때도 유별나게 하얗다고 느꼈는데 가까이서 보니 더 하얀 것 같다며 촌평한다. 멀리서 볼 때도 하얗고 가까이서 봐도 하얀 사람, 학 같은 사람. 강 원감이 그런 사람을 만나면 좋겠다. 원감 선생은 아직 결혼 전이다.

칠암등대

낮에는 등대에 칠한 색깔에서 윤이 나고
밤에는 등대가 비추는 불빛에서 윤이 나

칠암등대

기장군

해운대구

수영구

강서구

동구
남구
중구
서구
사하구

가덕도

영도구

대화는 어렵다. 아 다르고 어 다르다. 마디 하나 토씨 하나에 어긋나고 뒤
틀린다. 말꼬리 물고 늘어지거나 속에 없는 말을 한다. 하려고 한 말 대신
하려고 하지 않은 말이 끼어들어 말끼리 엉키고 말끼리 꼬인다. 이게 아닌
데 이게 아닌데, 엉키고 꼬인 말은 풀기 난망하다. 말의 수렁에서 빠져나오
기 난망하다.

　대화는 참 어렵다. 하는 말이 다르고 듣는 말이 다르다. 나는 이렇게 말하
는데 너는 저렇게 받아들인다. 너는 저렇게 말하는데 나는 이렇게 받아들
인다. 상대가 하고자 하는 말이 그게 아닌 줄 알면서 그러기도 하고 몰라서
그러기도 한다. 알든 모르든 말끝은 창날처럼 뾰족하고 뾰족한 것이 남기
는 상처는 깊다.

　등대는 무던하다. 말 갖고 싸우는 일이 없다. 말 갖고 상처받는 일이 없다.

등대는 등대마다 등대의 언어가 있어 그 언어로 끊임없이 말을 주고받는다. 끊임없이 교신한다. 어긋나고 뒤틀리기도 하련만 엉키고 꼬이기도 하련만 등대는 무던해서 다 받아들인다. 무던해서 찌르지도 않고 찔리지도 않는다.

칠암등대는 등대 중에서도 무던한 등대. 한둘이 아니고 여럿인 칠암등대는 등대마다 제 색깔이 있고 제 버릇이 있다. 색깔을 내세우고 버릇을 내세워 언성 높일 만도 한데 무던해서 시비 붙는 일이 없다. 핏대 세울 만도 한데 달아오르는 일이 없다. 다른 등대가 말을 하면 끄덕끄덕, 등대가 고개를 끄덕일 때마다 등불이 깜박깜박 들어온다.

칠암은 언제 가 봐도 윤이 난다. 일곱 바위 칠암(七巖)이기도 하지만 옻칠한 듯 반들대는 바위 칠암(漆巖)이기도 하다. 덕분에 칠암에 들면 누구라도 윤이 난다. 칠암 탁 트인 바다를 보노라면 누구라도 얼굴이 펴지고 마음이 펴진다.

칠암이 윤이 나니 칠암등대도 윤이 난다. 언제 가 봐도 그렇다. 낮은 낮대로 반들대고 밤은 밤대로 반들댄다. 낮에는 등대에 칠한 색깔에서 윤이 나고 밤에는 등대가 비추는 불빛에서 윤이 난다.

칠암등대는 모두 다섯. 하나도 없는 포구가 적지 않은데 칠암은 복이 넘친다. 이것만 봐도 얼마나 윤이 나는 마을인지 짐작할 수 있다. 등대를 다섯이나 거느린 칠암은 부산을 대표하고 한국을 대표하는 등대 마을이라고 받들어야 지당하다.

다섯 등대 가운데 셋은 개성이 강하다. 등대는 등대이되 그냥 등대가 아니다. 저마다 한가락 한다. 전국에 등대 자랑하는 포구는 많아도 칠암에 와서 등대 자랑하다간 본전 건지기가 어렵다. 이래저래 칠암은 부산을 대표하고 한국을 대표하는 등대 마을이다.

칠암등대 개성은 이름에서도 드러난다. 그냥 어디 등대가 아니고 어디 무슨 등대. 한가락 하는 등대라면 모름지기 그래야 한다. 자기 색깔이 분명해야 하고 자기주장이 분명해야 한다. 그런 면에서 칠암등대는 자기 색깔 분명하고 자기주장 분명한 부산 사람을 빼닮았다.

야구등대, 갈매기등대, 붕장어등대. 개성이 강한 칠암 세 등대 이름이다. 칠암 광장에서 보면 맨 오른쪽이 야구등대고 맨 왼쪽이 붕장어등대다. 세 등대 양쪽에 일반 등대가 하나씩 있다. 일반 등대는 광장에서 보이기는 보여도 칠암등대는 아니다. 등대가 있는 마을 이름을 따서 각각 신평등대, 문중등대다.

조형등대는 개성이 강한 등대를 뭉뚱그려 부르는 명칭이다. 등대가 가진 고유의 기능에다가 지역 특색을 입힌 등대를 말한다. 지역을 알리는 홍보 대사로 보면 된다. 전국적으로 꽤 된다. 탑 모양을 한 울산 주전항 등대며 만선과 무사를 기원하는 군산 선유도 기도등대며 전국 곳곳에 이색적인 등대가 있다.

기장은 부산에서 조형등대가 가장 많다. 부산에 있는 스물 남짓 가운데 절반 이상이 기장에 있다. 출산을 장려하는 연화리 젖병등대며 월전 장어등대, 대변 월드컵등대 등이 모두 기장에 있는 조형등대다. 기장이 동부산권 관광의 핵심안 만큼 기장의 조형등대는 하나하나 명분과 설득력을 갖는다.

기장에서도 칠암의 등대는 인기가 높다. 평일이든 휴일이든, 낮이든 밤이든 언제 가 봐도 등대 구경꾼이 붐빈다. 칠암의 등대는 옻칠한 듯한 칠암의 바위를 닮아 반들대기도 하지만 등대 구경꾼의 발길과 눈길이 매일 닿고 매시간 닿아 반들대기도 한다.

야구등대는 멀리서 봐도 태가 난다. 야구공과 배트, 글러브가 나란히 놓였다. 칠암에 야구등대를 세운 건 부산이 야구 도시여서 그렇기도 하지만 기장이 야구에 남다른 열정을 가져서 그렇기도 하다. 기장의 열정이 얼마나 뜨거운지는 인터넷에 '기장 야구'를 검색하면 금방 알게 된다.

야구등대는 색깔도 분명하다. 어중간하지 않다. 야구공과 배트, 글러브 모두 흰색이다. 야구공이야 원래 흰색이니 그렇다 하지만 배트와 글러브는 왜 흰색일까. 이유가 있다. 육지에서 봐서 오른쪽 방파제 등대인 까닭이다. 등대는 육지 기준으로 오른쪽 방파제에 있으면 흰색, 왼쪽 방파제에 있으면 붉은색이다. 한국 어디라도 그렇다.

야구등대 왼쪽은 갈매기등대. 야구등대와 같은 날 준공식을 가졌다. 동해 떠오르는 해와 해를 배경으로 날아다니는 갈매기를 조형했다. 육지 기준으로 야구등대 왼쪽에 있어 붉다. 등대의 흰색, 붉은색은 단순히 보기 좋으라고 입힌 색이 아니다. 충돌사고 방지가 목적이다.

배도 자칫 방심하면 충돌사고를 일으킨다. 그래서 오는 배의 길, 가는 배의 길을 구분해 뒀다. 자동차처럼 배도 우측통행하는 한국에선 나가는 배는 흰 등대에 붙어서 나가고 들어오는 배는 붉은 등대에 붙어서 들어온다. 그래야 충돌하지 않는다. 좌측통행하는 유럽 등지에선 그 반대다.

어두워지면 켜지는 등불도 충돌 방지용이다. 오른쪽과 왼쪽이 다르다. 그런데 붉은 등대에서 붉은 홍등이 켜지는데 흰 등대에선 흰 등 대신 푸른 녹등이 켜진다. 왜 그럴까. 오른쪽 방파제 등대 색깔이 원래는 흰색 대신 녹색이라서 그렇다. 하지만 한국처럼 산이나 녹지가 많은 곳은 예외를 인정했다. 멀리서 들어오는 배가 녹지와 등대 색깔이 헷갈리지 않도록 하려는 배려다.

맨 왼쪽 붕장어등대는 꼬불꼬불하다. 몸통을 비비꼰 붕장어 영판이다. 붕장어는 바닷장어의 하나. 한동안은 '아나고'로 불렸다. 여기에 이 등대를 세운 건 칠암이 부산을 대표하는 붕장어 횟집촌이란 증명이다. 어디 하면 무엇이 떠오르듯 칠암 하면 붕장어가 떠오를 만큼 붕장어회는 칠암 대표 먹거

리고 그것을 반영한 게 붕장어등대다. 야구등대와 갈매기등대, 붕장어등대 셋 다 2012년 11월 15일 오후 3시 준공식을 했다.

"조형등대 생기고 나서 계속 만선이랍니다."

부산관광공사 마케팅팀장 출신 최부림 씨는 이력이 특이하다. 칠암 야구 등대 명예 등대장을 지냈다. 야구등대 건립에 공이 컸다. 부산관광공사 전 신인 부산컨벤션뷰로와 부산해양항만청이 등대자원화협약을 맺던 2010년 부산은 야구도시이니 칠암에 야구등대를 세우자는 안을 냈고 결실을 봤다. 등대가 들어서면서 고기가 잘 잡힌다는 말이 그냥 하는 생색만은 아니다. 등대 보러 칠암 오는 사람이 늘어나고 온 김에 횟집이며 말린 생선 찾는 사람이 늘어나니 만선은 만선이다.

등대는 뭘까. 어떤 사람은 희망을 이야기하고 어떤 사람은 외로움을 이야기한다. 등대가 빚어내는 스토리에 대해서 이야기하는 사람은 많지만 등대 그 자체나 등대의 기능에 대해선 얼버무리기 일쑤다. 잘 모르기 때문이다. 등대 보러 칠암을 찾는 이에게 등대의 말을 들려줌으로써 칠암은 부산을 대표하고 한국을 대표하는 진정한 등대 마을로 거듭나지 않을까 싶다.

등대는 항로표지의 하나다. 자동차가 다니는 길이 도로이고 도로 곳곳에 도로표지가 있듯이 배가 다니는 길은 항로이고 항로 곳곳에 항로표지가 있다. 도로표지가 한둘이 아니듯 항로표지 역시 한둘이 아니다. 40종이 넘는다. 등대는 그중의 하나다.

등대는 기능이 다 다르다. 배의 진행 방향을 어떤 등대는 좌우로 알리고 어떤 등대는 동서남북으로 알린다. 왼쪽으로 가라고 할 때는 왼쪽으로 가야 하고 동쪽으로 가라고 할 때는 동쪽으로 가야 한다. 어길 때는 배끼리 충돌하거나 암초에 충돌하는 불상사를 겪는다.

칠암의 등대는 현자(賢者)다. 낮에는 색깔로, 밤에는 빛깔로 우리가 가야 할 길과 가지 말아야 할 길을 하나하나 알려준다. 등대가 하는 이야기를 귀 세워 듣고 있노라면 멈추어야 할 때 멈추지 못한 그때를 떠올리게 하고 몸을 돌려세우듯 마음을 돌려세우지 못한 그 시절을 떠올리게 한다.

"여기 납세미는 어디 내놓아도 최고 아닌교."

야구등대 방파제 가는 길엔 생선 말리는 건조대가 길 따라 놓였다. 생선은 철마다 다르다. 지금 주종은 가자미와 아귀. 납세미는 가자미 사투리다. 고양이가 살금살금 다가와 입맛을 다신다. 건조대 앞뒤 이중으로 그물막을 쳐

서 낚아챌 재간은 없다. 생선 말리는 아낙은 가자미 자랑에, 고양이는 가자
미 욕심에 칠암이 대낮부터 반들댄다.

월내등대

어느 하루도 사랑 아닌 날이 없는 사랑이여!
어느 하루도 등대 아닌 날이 없는 등대여!

월내등대

기장군

해운대구

수영구

강서구

동구

남구

중구

서구

사하구

가덕도

영도구

세상에 거저 있는 것은 없다. 모든 존재는 그럴만한 이유가 있다. 풀 하나
도 그럴만한 이유가 있어서 거기 있고 돌멩이 하나도 그럴만한 이유가 있어
서 거기 있다. 풀과 돌멩이가 같이 있거나 따로 있는 것도 그럴만한 이유가
있어서 같이 있거나 따로 있다. 풀도 돌멩이도 어느 하루도 거저 있는 날은
없다. 어느 하루도 풀 아닌 날이 없고 돌멩이 아닌 날이 없다.

　모든 존재가 그렇다. 있을 만한 이유가 있어서 있다. 등대도 그렇다. 허구
한 날 자리 차지나 하는 것 같아도 등대가 그 자리 있는 건 그럴만한 이유
가 있어서 그 자리에 있다. 거저 있는 것 같아도 어느 하루도 거저 있는 날
이 없다.

　사랑도 그렇다. 모든 사랑은 존재 이유가 있다. 그러기에 사랑을 비교할
수 없고 세상의 잣대로 잴 수 없다. 높고 낮은 사랑으로 잴 수 없으며 크고

작은 사랑으로 잴 수 없다. 사랑은 마음의 바다에 자리잡은 등대. 등대가 어느 하루도 등대 아닌 날이 없듯 사랑 역시 어느 하루도 사랑 아닌 날이 없다. 어느 하루도 고귀하지 않은 날이 없다. 모든 사랑은 처음도 사랑이고 끝도 사랑이다.

마음의 바다는 눈에 보이는 바다보다 넓고 깊다. 마음 바다를 비추는 등대는 눈에 보이는 등대보다 높고 밝다. 등대가 비추는 바다를 바라보는 홀수 또는 짝수 사람. 바다를 비추는 등대를 바라보는 홀수 또는 짝수 사람. 눈에 보이는 것보다 넓고 깊은 사람이고 눈에 보이는 것보다 높고 밝은 사람이다.

월내(月內)는 달을 품은 포구. 달 비친 수면이 잔잔한 호수 같대서 월호(月湖)라고도 부른다. 호수에 잠긴 달, 허밍으로 노래 부르며 거닐기에 딱 좋은 곳이 월내다. 부산 동쪽 끝 길천포구와 맞닿은 포구다. 동쪽 끝이라서 일출이 월출 부럽잖게 인상적이다. 부산 동해바다는 일출과 월출을 함께 품는 바다. 해 뜨는 아침도 품고 달 뜨는 저녁도 품는 바다다. 처음도 품고 끝도 품는 바다다.

동해바다 월내등대 또한 해를 품고 달을 품은 등대다. 그래서 어떻게 보면 남자 같고 어떻게 보면 여자 같다. 등대는 둘. 다행이다. 등대가 하나라면 남자로도 보고 여자로도 봐야겠지만 둘이라서 하나는 남자 하나는 여자, 그러면 되니. 생김새도 입성도 하나는 남자 같고 하나는 여자 같다. 월내포구 오른편 방파제 흰 등대가 어깨 다부진 아저씨 몸매라면 왼편 붉은 등대는 허리 잘록한 아가씨 몸매다.

월내어항남방파제등대. 흰 등대 명칭이다. 명칭을 새긴 명판은 출입문 상단에 보인다. 붉은 등대는 월내어항 북방파제등대. 녹등과 홍등을 5초에 한 번 깜박인다. 남자 등대는 나이가 좀 많고 여자 등대는 좀 적다. 남자는 2000년 11월 30일생이다. 여자는 여덟 살 적은 2008년 11월 20일생. 나이 차는

나지만 맞먹는 눈치다. 그럴 수밖에. 말을 나눌 상대가 달리 있지 않으니. 있기는 있다. 길천등대다. 월내 붉은 등대보다 호리호리하고 앳돼 보인다. 멀리 떨어진 게 흠이다. 먼 친척보다 가까운 이웃이 낫다.

붉은 등대 나무벤치는 전망대 격이다. 벤치 등받이에 기대앉아 보는 바다는 눈에 보이는 바다보다 넓고 깊은 마음의 바다. 해가 빠진 바다고 달이 빠진 바다다. 저 바다에 빠지면 누구라도 해가 되고 누구라도 달이 된다. 저 바다에 빠지면 아무리 대단한 것도 대단하게 보이지 않고 아무리 하찮은 것도 하찮게 보이지 않는다. 바다에 빠져 허우적대는 둥근 해와 둥근 달과 둥근 마음이 고소해 죽겠다는 듯 월내등대는 녹등을 깜박깜박 촐싹대고 홍등을 깜박깜박 촐싹댄다.

"달 밝은 밤, 바다와 나를 위하여 건배!"

박이훈 시인은 밀양 무안사람. 고등학교 다니느라 부산 왔으니 부산사람 된 지는 30년이 넘는다. 시인답게 감성이 남다르다. 흰 등대 방파제에서 붉은 등대 벤치를 가리키며 달빛 좋은 밤 저기 앉아 술잔을 높이 들고 싶단다. 달밤은 진한 술이 좋으리. 진한 술 찰랑이는 손잡이 긴 술잔이 좋으리. 붉은 등대는 손잡이 긴 술잔으로 보이기도 한다. 진한 술 찰랑이는 육감적인 술잔!

파도는 성질이 급하다. 불같다. 파도는 하나라서 어떤 파도는 남자 같고 어떤 파도는 여자 같다. 불같은 파도는 남자. 남자 파도가 수평선에서 곧장 달려와선 방파제를 때리며 방파제 안쪽을 넘본다. 방파제가 놓이지 않은 월천교는 사색이다. 호시탐탐 넘보는 파도 등쌀에 연신 옷깃을 여민다. 파도야 넘보건 말건 방파제 안쪽은 한 치 흐트러짐이 없다. 잔잔하다. 바깥세상에 일제히 등 돌리고 육지를 향한 갈매기들 표정도 마음이 평온해진 듯 잔잔하다.

평온. 성질 급한 파도를 내보는 수평선도 멀리서 보면 잔잔하다. 평온을 얻은 듯이 한 치 흔들림이 없다. 거리를 두고 멀리서 보면 불같던 마음도 누그러지게 마련이다. 잔잔해지게 마련이다. 거꾸로 뒤집으면 마음이 불같다는 건 그만큼 가깝다는 말이기도 하다. 가깝기 때문에 불같고 가깝기 때문에 때로는 괴롭다. 사랑이 그렇다. 가깝기에 사랑하기에 사랑은 고통이다. 환희도 고통도 모두가 사랑의 다른 이름. 처음도 사랑이고 끝도 사랑인 모든 사랑에게 건배! 어느 하루도 사랑 아닌 날이 없는 사랑이여! 어느 하루도 등대 아닌 날이 없는 등대여!

길천등대

볼수록 보고 싶은 문장
들을수록 듣고 싶은 말씀

길천등대

기장군

해운대구

수영구

강서구

동구

남구

중구

서구

사하구

영도구

가덕도

나는 끝

뜨거웠던 생애의 중반

나는 내가 세상의 중심이라 여겼으나

지금은 끝

더는 밀려날 데 없는 세상의 끝

그러나 끝에 이르러

비로소 중심이 되었으니

내가 이른 곳은

육지와 바다 한가운데

그리고

육지에선 가장 낮고

바다에선 가장 높은 곳

그리하여 나는 중심이다

깃발 같은 등불 펄럭이며

가장 낮아서

가장 높아진

- 동길산 시 '길천등대'

등대는 경전이다. 볼수록 보고 싶은 문장이다. 들을수록 듣고 싶은 말씀이다. 여백으로 빽빽한 경전을 누구는 손으로 더듬고 누구는 눈으로 더듬는다. 이렇게 살아라, 저렇게 살아라. 새겨두고 싶은 문장을 누구는 손으로 밑줄 긋고 기억하고 싶은 말씀을 누구는 눈으로 밑줄 긋는다. 손때가 묻어 눈때가 묻어 등대는 반들댄다.

등대는 겸손하다. 방파제 등대가 있는 곳은 육지 끄트머리. 그리고 육지에서 가장 낮은 자리. 세상의 중심을 탐하지 않으며 높은 자리를 넘보지 않는다. 볼수록 보고 싶은 문장과 들을수록 듣고 싶은 말씀은 저 겸손에서 나온다. 가장 외지고 가장 낮은 곳에서 가장 환한 지혜의 등불이 등대다.

길천등대 역시 육지 끄트머리 가장 낮은 등대. 손때 눈때가 묻어 반들대고 지혜의 등불이 스며들어 반들댄다. 길천등대는 육지 끄트머리이면서 부산 동쪽 끄트머리 등대. 등대 방파제 가는 길 바로 옆은 고리원자력발전소 담벼락이다. 고리원자력 너머는 울산이기에 길천은 부산 맨 끄트머리 포구이고 길천등대는 부산 맨 끄트머리 등대다.

"마을 가운데로 물이 흘렀데요."

등대 정식 명칭은 길천포항방파제등대. 기장군 장안읍 길천리 바닷가에 있다. 왜 길천이냐고 묻자 대답이 물줄기처럼 시원하다. 마을 이장에게 들었다며 장안읍사무소 예산회계담당 공무원 한결(27) 씨가 내력을 들려준다. 물이 흐르는 마을에 질맞이란 데가 있었고 질맞이 질과 하천 천이 합쳐 길천(吉川)이다. 그 하천과는 다른 하천이겠지만 폭이 제법 너른 하천이 흐른다. 하천 저쪽은 월내, 이쪽은 길천이다. 두 마을을 이어주는 다리라 해서 하천에 놓인 다리 이름이 월천교다.

길천등대는 외등대. 하나뿐인 등대다. 포구 왼쪽에 있어 붉다. 방파제등대는 하나뿐일 경우 뭍에서 봐 왼쪽에 있으면 붉고 오른쪽에 있으면 희다. 왼쪽 붉고 오른쪽 흰 쌍둥이등대에서 하나가 빠졌다고 생각하면 된다. 등대 재질은 스테인리스. 대개의 등대가 콘크리트니 색다르다. 스테인리스는 녹이 슬거나 삭는 걸 방지한다. 스테인리스에 붉은 색상 에폭시를 발라 효과를 더욱 높인 게 길천등대. 페인트 일종인 에폭시는 날씨 변화와 물기에 잘 견디고 접착력이 강하다.

재질 못잖게 생김새도 색다르다. 등탑 꼭대기로 오르는 사다리가 밖으로 드러났다. 손잡이가 다닥다닥 박힌 굴뚝을 떠올리면 되겠다. 육지의 가장 낮은 곳에서 첫걸음을 떼는 사다리가 측은해 보인다. 정직해 보이기도 한다. 말귀를 알아듣는다면 손뼉을 쳐서 격려하리라. 방파제 바깥벽을 때린 파도가 사다리를 타고 꼭대기로 오르고 파도 소리가 사다리를 타고 꼭대기로 오른다.

꼭대기 등명기도 사다리처럼 드러났다. 등명기는 등대의 핵심. 등대가 비추는 빛은 모두 여기서 나온다. 핵심이라서 등롱 안에 보호하는 게 일반적이다. 등롱은 무얼까. 새가 사는 집은 조롱, 등이 사는 집은 등롱! 길천 등불은 새장에 갇히지 않은 새처럼 자유롭다. 6초에 두 번을 깜박이는 등불이 아무런 제지도 받지 않고 아무런 막힘도 없이 어두운 밤하늘을 훨훨 날아다닌다.

"광어 잡는 그물임더."

등대 들머리 어부 손질이 재빠르다. 쉰 초중반으로 보이는 어부다. 방한모에 방한 마스크에 옷차림이 단단하다. 밧줄에 매인 그물을 커터 칼로 잘라낸다. 그물코는 어디랄 데 없이 찢어져 너덜거리는 상태. 바다 밑바닥까지 풀

어서 끌어당기는 과정에 그물코가 나간다. 요즘 잘 잡히는 어종은 광어, 대구, 도다리. 바다로 매일 나가서 어른 팔뚝 크기 고기를 예사로 잡아낸단다.

"사람 사는 게 별것 있더냐. 욕심내서 살아봐야 그게 그거지."

방파제 두 낚시꾼은 어째 쩨쩨하다. 손가락 크기 '꼬시래기'만 잡아낸다. 잡아내기는 연거푸 잡아내도 크기는 거기서 거기다. 꼬시래기 명당자리는 기역자 방파제 끝. 등대 바로 아래다. 육지 가장 낮은 곳에 선 사람이라 툭툭 던지는 말들이 사람살이를 밝히는 등불이다. 경전 같다. 사람살이도 꼬시래기처럼 거기서 거기란 말씀이다.

낚시꾼은 말도 잘한다. 입을 열면 등불이 켜지고 다물면 꺼진다. 꺼내는 말 마디마디 깜박인다. 슬슬 술이 동하는지 '꼬시래기에 술 한잔, 꼬시래기에 술 한잔' 두 번인가 세 번을 그런다. 한잔 같이하겠냔 말을 빙빙 돌려서 하니 마시기도 전에 어질어질하다. 어질어질해서 못 알아들은 척 자리를 뜬다. 이 엄동에 퍼지고 앉으면 좀 추울 것인가. 한자리 붙박인 등대가 되어 꽁꽁 얼어붙을지도 모를 일이다.

갈매기는 얼어붙었다. 웅크리고선 꼼짝을 않는다. 갈매기가 웅크린 곳은 '삼발이.' 삼발이는 해안을 따라 징검다리처럼 놓였다. 삼발이마다 웅크리고 앉은 갈매기가 대리석으로 빚은 조각품 같다. 월천교 다리 아래는 백사장. 고작 한 뼘 두 뼘 백사장이지만 품은 넉넉하다. 밀려오는 파도를 일일이 품고 밀려오는 파도 소리를 일일이 품는다. 갈매기 소리까지 품어 월천교 다리가 다 들썩인다.